藏在古詩詞裏的知識百科

春天篇

貓貓咪呀　編繪

新雅文化事業有限公司
www.sunya.com.hk

目錄

宋·王安石 1021 - 1086 年

字號：字介甫，號半山

簡介：北宋著名思想家、政治家、文學家，後世稱王文公。其文章短小精悍、言辭犀利，詩詞作品以懷古詠物居多。其《泊船瓜洲》中的「春風又綠江南岸，明月何時照我還」成為後世廣為傳誦的名句。

代表作：《王臨川集》、《臨川集拾遺》、《臨川先生文集》等

元日 ①
yuán rì

爆 竹 聲 中 一 歲 除 ②，
bào zhú shēng zhōng yí suì chú

春 風 送 暖 入 屠 蘇 ③。
chūn fēng sòng nuǎn rù tú sū

千 門 萬 戶 瞳 瞳 ④ 日 ，
qiān mén wàn hù tóng tóng rì

總 把 新 桃 換 舊 符 ⑤。
zǒng bǎ xīn táo huàn jiù fú

注釋

❶ 元日：農曆正月初一，即春節。

❷ 除：逝去。

❸ 屠蘇：指用屠蘇草泡的酒，喝屠蘇酒是古代過年的一種習俗。

❹ 瞳瞳：日出時光亮溫暖的樣子。瞳 tóng，粵音同。

❺ 新桃換舊符：古代風俗，農曆正月初一這一天，人們在桃木板（桃符）上寫上神靈的名字，將其懸掛或張貼在門的兩旁，用來驅邪。人們到了新年就會換上新的桃符，後來桃符漸漸演變為春聯。

譯文

在爆竹聲聲中，舊的一年已經過去，人們喝着屠蘇酒，感受着暖融融的春風。初升的太陽照耀着千家萬戶，大家都把舊的桃符取下來，換上新桃符。

賞析

這是一首描寫迎新年的詩。詩人通過描寫點燃爆竹、飲屠蘇酒、換新桃符等民間習俗，營造出春節熱鬧的歡樂氣氛。

古詩詞中的百科

「立春」是農曆二十四節氣中的第一個節氣，又名歲首、立春節等。二十四節氣是依據黃道推算出來的。立，是「開始」的意思；春，代表着温暖、生長。立春意味着春季的開始。古時候流行在立春時祭拜春神、太歲、土地神等，敬天法祖，並由此衍化出辭舊布新、迎春祈福等一系列祭祝祈年文化活動。

♣ 蟄蟲始振 ♣

當暖意漸漸出現，穴居在泥土中冬眠的小動物都開始慢慢舒展僵硬的身體，準備要蘇醒啦！

♣ 迎春花開 ♣

迎春花單生在去年生的枝條上，花瓣金黃色，先於葉開放，有清香。迎春花一般在 2 至 4 月盛開，因其開放時間較早，花開後即迎來百花齊放的春天而得名。

♣ 魚陟負冰 ♣

當東風解凍，温度開始緩緩上升，冰面逐漸融化，碎成一片一片的冰晶。湖底的魚感受到這樣的變化，便開始慢慢向上游，就像背着冰一樣。

♣ 搶春 ♣

即立春時節，人們把用土塑的牛或用紙糊的牛作為春天的吉祥物，將其打碎後爭搶「牛土」或「牛紙」的活動，寓意牛帶來的吉祥和豐收。此外，中國民間還有「咬春」的習俗，一般會吃春餅、春卷等，南北方略有差異。

元日

　　元日就是春節，是農曆的新年、一年的歲首，亦為傳統意義上的「年節」。春節歷史悠久，由上古時代歲首祈年祭祀演變而來。春節期間，全國各地均會舉行各種慶賀新春的活動，處處洋溢着熱鬧喜慶的氣氛。這些活動以除舊布新、迎禧接福、拜神祭祖、祈求豐年為主要內容，形式豐富多樣，帶有濃郁的地域特色，凝聚着中華傳統文化的精華。

春節習俗

好可怕！我要走了！

❧ 爆竹與「年」 ❧

　　爆竹又稱「爆仗」、「炮仗」、「鞭炮」。春節燃放爆竹是中國傳統民俗，已有二千多年歷史。相傳，最初燃放爆竹是為了驅趕一種叫「年」的怪獸。

❧ 屠蘇酒 ❧

　　中國古代春節期間，家庭聚會時飲用的時令藥酒，又名歲酒。屠蘇也可指古代一種房屋，因為酒是在這種房子裏釀的，所以叫屠蘇酒。

❧ 壓歲錢 ❧

　　又名壓祟錢，古時候人們認為孩子容易受到鬼祟的侵害，因此，要用壓歲錢壓祟驅邪。後來演變為傳統習俗，在新舊年交替的時刻，由長輩發給晚輩，飽含着一種關切之情。

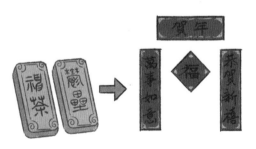

❧ 桃符 ❧

　　古人在辭舊迎新之際，在桃木板上分別寫上「神荼」、「鬱壘」二神的名字，或者在紙上畫上二神的畫像，懸掛或者張貼於門旁，以求祈福消災。後來又在桃符和紙上寫吉祥語，逐漸演變為今天的春聯。

宋·朱熹 1130-1200 年

字號：字元晦、仲晦，號晦庵

簡介：南宋著名理學家、思想家、哲學家、教育家、詩人。閩學派代表人物，
儒學集大成者，世稱朱文公。其理學思想對元、明、清三朝影響很大。

代表作：《楚辭集注》、《四書章句集注》、《周易讀本》等

春日 (chūn rì)

勝日①尋芳泗水②濱③，

無邊光景一時新。

等閒④識得東風⑤面，

萬紫千紅總是春。

注釋

❶ 勝日：晴天。

❷ 泗水：泗水河，山東省中部較大的河流。泗 sì，粵音試。

❸ 濱：水邊。

❹ 等閒：隨意。

❺ 東風：春風。

譯文

　　明媚的春日裏，到泗水岸邊尋找春的蹤跡。這裏景色寬闊無邊，萬物生機勃勃，煥然一新。隨時隨地都能發現春天的蹤影，東風催開了百花，帶給人們一個萬紫千紅的春天。

賞析

　　冬季結冰的河水，待春季轉暖才會重新流動起來。河邊的土壤濕潤肥沃，花草樹木都長得很茂盛，岸邊成為尋春賞春的最佳地點。這首詩的前三句都是在作鋪墊，或點出踏春地點，或抒發感慨，末句以「萬紫千紅」一詞將多姿多彩的春景圖呈現在讀者眼前。

古詩詞中的百科

儒家經典：四書五經

「四書五經」這一說法最早見於南宋，是南宋著名理學家朱熹將「四書」與「五經」整理、合併而成的。儒家學說創始人孔子曾在泗水留下了講學論道的足跡，而四書五經正是儒家教學的基礎教材。

❀ 四書 ❀

「四書」指四部儒學著作：《論語》、《孟子》、《大學》和《中庸》。朱熹曾著《四書章句集注》，為「四書」作注解。這四部著作也是儒家文化思想教育的基本教材，其內容博大精深，文化內涵豐富，是我們中華民族寶貴的精神財富。

❀ 五經 ❀

「五經」指《詩經》、《尚書》、《禮記》、《周易》和《春秋》。

非一般的東西南北風

中國古典文學中，東西南北風各自對應一個季節：「東風」指春，「南風」指夏，「西風」指秋，「北風」指冬。

 ➡ 春（東風）

 ➡ 夏（南風）

 ➡ 秋（西風）

 ➡ 冬（北風）

萬紫千紅

「萬紫千紅」是一個成語，多用來形容生機煥發的春色。「萬紫千紅總是春」是一句描寫春天的經典詩句，歷來廣為傳誦。

後世文人描述春景時，也會用到「萬紫千紅」，如元代雜劇作家馬致遠的《賞花時·弄花香滿衣》寫道：「萬紫千紅嬌弄色，嬌態難禁風力擺。」

　　甲骨文中已有「春」字，接近左中右結構：左側為上木下日，中間為「屯」字，右側為上木下木。本義指陽光下的草木即將發芽，後來字形逐步簡化，意義也固定下來，即指一年中的第一個季節。

太陽　　　　　小草

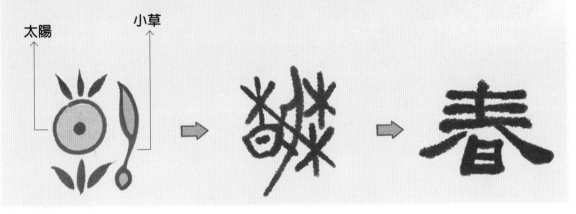

孔子當年教學的地方

　　泗洙，本義是泗水和洙水的並稱，洙水位於泗水北面。在春秋時期，這裏屬於魯國，相傳孔子曾在這兩條河之間開學堂、教弟子，名為洙泗學堂。該學堂位於山東曲阜城東北四公里處。後來，它成為紀念和祭祀孔子的場所。孔子周遊列國返魯後，也曾在此刪詩書、定禮樂、系周易，並聚徒講學。

吾十有五而志於學，三十而立，四十而不惑，五十而知天命，六十而耳順，七十而從心所欲，不逾矩……

清·高鼎 1828 - 1880 年

字號：字象一、拙吾

簡介：清代後期詩人，大約生活在咸豐同治年間。他的生平事跡記載不多，一般提到他，大多是因為他寫了一首有關放風箏的詩《村居》。

代表作：《拙吾詩文稿》

村居 cūn jū

草長鶯①飛二月天，
cǎo zhǎng yīng fēi èr yuè tiān

拂②堤楊柳醉春煙③。
fú dī yáng liǔ zuì chūn yān

兒童散學④歸來早，
ér tóng sàn xué guī lái zǎo

忙趁東風放紙鳶⑤。
máng chèn dōng fēng fàng zhǐ yuān

注釋

❶ 鶯：像黃鸝那樣的小鳥。
❷ 拂：輕輕掃過。
❸ 煙：水氣、霧氣。
❹ 散學：放學。
❺ 紙鳶：風箏。鳶 yuān，粵音淵。

譯文

二月裏的草木蓬勃生長，小鳥飛來飛去。岸邊的柳枝隨風擺動，輕輕撫摸着堤岸，沉醉在朦朧的水氣中。孩子們放學後急急忙忙跑回家，要趁着有風去放風箏。

賞析

全詩前半部分寫景，後半部分寫人，一靜一動，互相映襯，描繪了一幅生動的春景圖。詩人以「拂」、「醉」，將楊柳擬人化，寫活了楊柳的嬌柔姿態，又由物到人，通過孩童放風箏的場景渲染出春天的生機勃勃。

古詩詞中的百科

風箏在古代稱為紙鳶，發明於東周春秋時期，至今已有二千多年歷史。相傳墨子發明的一種用木頭製成的鳥，被認為是風箏的起源。後來，魯班用竹子代替了木頭。東漢發明造紙術後才用紙做風箏。隋唐之際，民間開始出現竹骨紙風箏。到了宋代，放風箏成為人們喜愛的戶外活動。

我是始祖！

我覺得還可以再改造一下。

風箏的結構

鳶都濰坊

山東省濰坊市製作風箏的歷史很悠久，因而獲得了「鳶都」的美名。濰坊風箏造型優美，題材豐富，其中，「龍頭蜈蚣」、「雷震子」、「麻姑獻壽」、「仙鶴童子」是四大代表作。

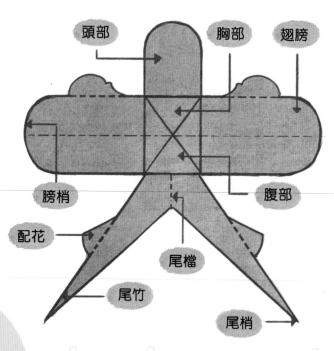

頭部　胸部　翅膀

膀梢　腹部

配花

尾檔

尾竹

尾梢

仙鶴童子

麻姑獻壽

雷震子

龍頭蜈蚣

小鶯難辨

「鶯」指的是一大類小型鳴禽，例如蝗鶯、樹鶯、葦鶯等。總的來說，牠們外形近似、個頭不大，而且動作敏捷。「小鶯難辨」的意思就是，在看似相同的鶯羣中分辨牠們的種類是很困難的。

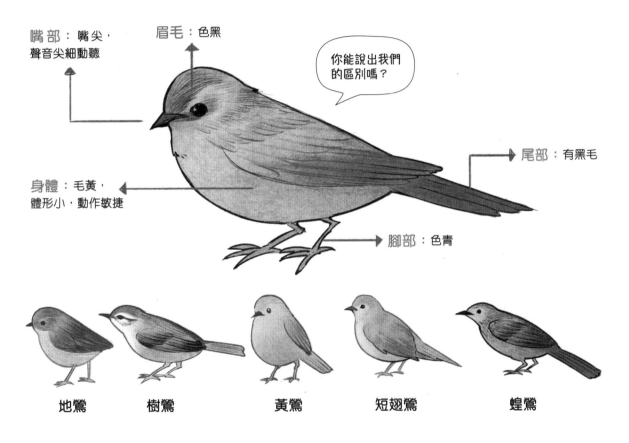

嘴部：嘴尖，聲音尖細動聽

眉毛：色黑

你能說出我們的區別嗎？

尾部：有黑毛

身體：毛黃，體形小，動作敏捷

腳部：色青

地鶯　　　樹鶯　　　黃鶯　　　短翅鶯　　　蝗鶯

調色盤一般的堤道

江河湖海的「堤」大多可以抵擋洪水，或者便於通行。美國有一條火車鐵路將大鹽湖一分為二，南側的湖水顏色呈藍綠色，而北側的湖水顏色偏紅。主要是因為北面的水得不到其他大河的補給，使南北兩側的湖水含鹽量不一樣，適合不同的藻類生長。

唐·李白 701 - 762年

字號：字太白，號青蓮居士、「謫仙人」

簡介：唐代浪漫主義詩人，有「詩仙」之譽。性格豪爽，愛好喝酒，喜歡結交朋友，擅長舞劍。與杜甫並稱「李杜」。有《李太白集》傳世。

代表作：《望廬山瀑布》、《行路難》、《蜀道難》、《將進酒》、《早發白帝城》等

黃鶴樓送孟浩然之廣陵

故人①西辭黃鶴樓，

煙花②三月下揚州③，

孤帆遠影碧空盡，

唯見長江天際流。

注釋

❶ 故人：這裏指詩人的朋友孟浩然。

❷ 煙花：形容春天柳絮飛舞、鮮花盛開的景色。

❸ 揚州：古稱廣陵。

譯文

　　老朋友在黃鶴樓與我辭別，在江花爛漫的三月前往揚州。朋友乘坐的那一條船漸漸遠去，船帆的影子消失在天空的盡頭，只能看到浩浩蕩蕩的長江水奔向天邊。

賞析

　　這是一首送別詩。朋友分別時寫詩紀念，是古代文人常用的情感表達方式。李白筆下的離別充滿了詩情畫意，陽春三月，登樓遠眺，孤帆漸行漸遠，長江水向天邊奔流。這首詩意境優美，文字綺麗，被後人譽為「千古麗句」。

古詩詞中的百科

「黃鶴樓」在哪裏？

美景當前，好友在旁，真開心呀！

王兄，幾日不見你變胖了！

黃鶴樓始建於三國時期，位於武漢長江邊的蛇山山頂，當時屬於東吳，只是一座用來觀察敵情的瞭望樓。湖北的黃鶴樓、江西的滕王閣以及湖南的岳陽樓，並稱江南三大名樓，它們都是文人登臨、交流酬答的好去處。

揚州，不只叫「揚州」？

春秋時期的楚懷王建造了一座廣陵城，即今日揚州的前身。歷史上，廣陵還曾叫江都、維揚，大約在隋朝時才定名為揚州。

❀ 揚州清曲 ❀

又名「廣陵清曲」，是一種曲藝唱曲形式，是在明清時期流行於揚州一帶的俗曲和小調的基礎上發展而來的，用揚州方音表演，不化裝、無說白、無形體表演，風格輕便簡潔。2006 年列入第一批國家級非物質文化遺產名錄。

這是朕愛吃的美食！

❀ 揚州炒飯 ❀

又名揚州蛋炒飯，已列入中國非物質文化遺產名錄，是江蘇揚州經典美食，主要食材有米飯、火腿、雞蛋、蝦仁等。揚州炒飯選料考究、工序複雜，成品顆粒分明、口感香糯滑爽。相傳這是隋煬帝巡遊揚州時，把他喜歡吃的「碎金飯」（蛋炒飯）傳入揚州的結果。

帆船

帆船是一種古老的水上交通工具，距今已有五千多年的歷史，紐西蘭的奧克蘭是世界上擁有帆船數量最多的城市，所以被稱為「帆船之都」。

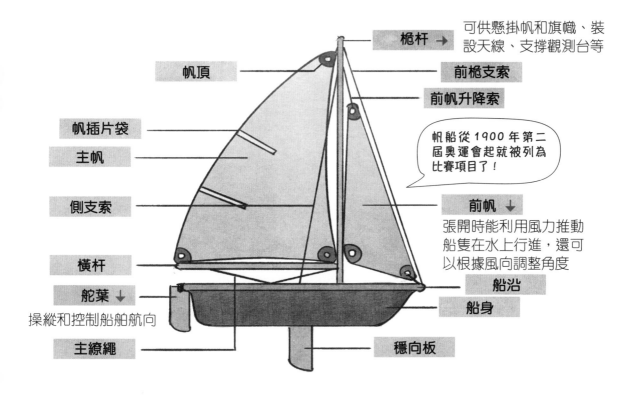

桅杆 → 可供懸掛帆和旗幟、裝設天線、支撐觀測台等

帆頂

前桅支索

前帆升降索

帆插片袋

主帆

側支索

帆船從 1900 年第二屆奧運會起就被列為比賽項目了！

前帆 ↓
張開時能利用風力推動船隻在水上行進，還可以根據風向調整角度

橫杆

舵葉 ↓
操縱和控制船船航向

船沿

船身

主繚繩

穩向板

長江有多長？

長江是世界第三長河，發源於青藏高原的唐古拉山脈，其幹流流經中國境內十一個省級行政區，全長六千三百多公里。

長江：6300 多公里
流經國家：中國

亞馬遜河：6400 公里
流經國家：玻利維亞、秘魯、厄瓜多爾、哥倫比亞、委內瑞拉、圭亞那、蘇里南、巴西

尼羅河：6670 公里
流經國家：盧旺達、布隆迪、坦桑尼亞、肯亞、烏干達、蘇丹、南蘇丹、埃塞俄比亞、埃及等

唐·杜甫 712-770年

字號：字子美，自號少陵野老

簡介：唐代現實主義詩人，有「詩聖」之稱。與李白合稱「李杜」。杜甫平生官場不得志，一輩子顛沛流離，卻始終憂國憂民。他的詩反映社會現實，有「詩史」之稱。今存詩歌約一千五百首，多收錄於《杜工部集》。

代表作：《北征》、《春望》、《登高》等

春夜喜雨 chūn yè xǐ yǔ

好雨知時節，當春乃①發生②。
hǎo yǔ zhī shí jié　dāng chūn nǎi fā shēng

隨風潛③入夜，潤物細無聲。
suí fēng qián rù yè　rùn wù xì wú shēng

野徑④雲俱黑，江船火獨明。
yě jìng yún jù hēi　jiāng chuán huǒ dú míng

曉看紅⑤濕處，花重⑥錦官城⑦。
xiǎo kàn hóng shī chù　huā zhòng jǐn guān chéng

注釋

❶ 乃：就。

❷ 發生：降臨。

❸ 潛：悄悄地。

❹ 徑：小路。

❺ 紅：花。

❻ 重：重量增加，形容飽滿。

❼ 錦官城：成都的古稱。

譯文

　　好雨能順應季節變化，春天來了，春雨也來了。春風春雨在夜裏悄悄地來到，無聲無息地滋潤着萬物。田野上空烏雲密布，只能隱約看見江中漁船的燈火。明早再來看雨水打濕的花叢吧，應該會看到滿城繁花似錦的景象。

賞析

　　《春夜喜雨》是唐詩名篇之一，是杜甫於上元二年（761）在成都草堂居住時所作。這首詩運用擬人手法，描繪了春雨的特點和成都夜雨的景象，表達了詩人的喜悅之情。詩人對春雨的描寫，既有聲又有形，細膩、生動、傳神。詩境與畫境渾然一體，別具風韻。

古詩詞中的百科

「雨水」是二十四節氣中第二個節氣，在每年農曆正月十五前後（公曆 2 月 18 日至 20 日），太陽到達黃經 330°。東風解凍，散而為雨，天氣回暖，雪漸少，雨漸多。雨水節氣前後，萬物開始萌動，氣象意義上的春天正式到來。雨水和穀雨、小雪、大雪一樣，都是反映降水現象的節氣。

❀ 春雨 ❀

雨水時節，氣溫升高到 0℃ 以上，降雨的條件已經形成，之後雨量會逐漸增多。此時的降水對農作物的生長有着重要意義。

❀ 柳樹發芽 ❀

伴隨着春天雨水的滋潤、光照的增多，以及溫度的上升，柳樹開始發芽，會長出狹長的小葉子。

❀ 莊稼施肥 ❀

由於降水和氣溫是農業生產的基本要素，所以雨水這一節氣是越冬作物生長的關鍵節點。除了及時灌溉土壤之外，農家肥料也要播撒到田裏為春種做好準備。

❀ 候鳥飛回北方 ❀

大地回暖、萬物復蘇，大雁、燕子等候鳥感知到春天的來臨，紛紛成羣地從南方飛回北方，邊飛行邊捕食。

❀ 接壽 ❀

雨水這天，川西一帶出嫁的女兒要回家探望父母，給母親燉一罐肉。女婿也要給岳父岳母送禮，禮品通常是一丈二尺長的紅棉帶，稱為「接壽」，意思是祝岳父岳母長命百歲。

　　李白和杜甫並稱為「大李杜」，而李商隱和杜牧並稱「小李杜」，四位都是唐朝詩人，在唐詩創作上均取得了較高的成就。

　　李白和杜甫，一位是詩仙，一位是詩聖，兩人之間的友誼有文為證，流傳甚廣。

❀ 共被而眠 ❀

《與李十二白同尋范十隱居》（節選）　杜甫

李侯有佳句，往往似陰鏗。余亦東蒙客，憐君如弟兄。
醉眠秋共被，攜手日同行。更想幽期處，還尋北郭生。

❀ 詩文互戲 ❀

賢弟，老哥也贈你一首詩：

《戲贈杜甫》
飯顆山頭逢杜甫，
頭戴笠子日卓午。
借問別來太瘦生，
總為從前作詩苦。

李兄，老弟贈你一首詩：

《贈李白》
秋來相顧尚飄蓬，
未就丹砂愧葛洪。
痛飲狂歌空度日，
飛揚跋扈為誰雄。

杜甫

李白

蜀錦

　　蜀錦專指成都地區（古稱錦官城）生產的絲織提花織錦，最早出現於春秋戰國時期，距今已有二千多年的歷史，漢唐是蜀錦的興盛期。蜀錦用幾何圖案和紋飾相結合的方法織成，紋樣對稱、四方連續、色彩鮮豔、對比性強、耐磨、韌性好，與南京的雲錦、蘇州的宋錦、廣西的壯錦並稱為中國的四大名錦。2006 年，蜀錦織造技藝獲列入第一批國家級非物質文化遺產名錄。

宋·王安石 1021 - 1086 年

字號：字介甫，號半山

簡介：北宋著名思想家、政治家、文學家，後世稱王文公。其文章短小精悍、言辭犀利，詩詞作品以懷古詠物居多。其《泊船瓜洲》中的「春風又綠江南岸，明月何時照我還」成為後世廣為傳誦的名句。

代表作：《王臨川集》、《臨川集拾遺》、《臨川先生文集》等

泊① 船 瓜 洲②
bó　chuán　guā　zhōu

京 口③ 瓜 洲 一 水④ 間 ，
jīng　kǒu　guā　zhōu　yì　shuǐ　jiān

鍾 山⑤ 只 隔 數 重 山 。
zhōng　shān　zhǐ　gé　shù　chóng　shān

春 風 又 綠 江 南 岸 ，
chūn　fēng　yòu　lù　jiāng　nán　àn

明 月 何 時 照 我 還 。
míng　yuè　hé　shí　zhào　wǒ　huán

注釋

❶ 泊：停船靠岸。

❷ 瓜洲：位於揚州南部，是長江邊的一個小鎮。

❸ 京口：古城名，舊址在江蘇省鎮江市。

❹ 一水：這裏的「水」指長江。

❺ 鍾山：南京紫金山。

譯文

京口與瓜洲之間只隔着一條長江，與我住過的鍾山也只隔着幾重山巒。和暖的春風又一次吹綠了長江南岸，明月什麼時候能照着我回家呢？

賞析

這首詩借景抒情，寓情於景，抒發了詩人眺望江南、思念家鄉的深切感情，「春風又綠江南岸」成為千古傳誦的名句。詩人將名詞用作動詞，一個「綠」字就將春風吹拂之下，田野山巒生機勃勃、綠意盎然的景象生動地展現出來。

古詩詞中的百科

宰相請客

　　王安石做宰相時，有一回招待親戚，只有粗茶淡飯。客人非常不滿，抓起一塊餅，只在中間啃了幾口便不吃了。王安石捨不得浪費糧食，竟然把那啃剩的餅吃了。

招待客人只有粗茶淡飯，真小氣！

扔掉多浪費，我還是都吃了吧！

變法失敗

　　王安石深感北宋朝廷腐敗，國力衰落，曾經力圖發起一場深刻全面的變革。變法自熙寧二年（1069）開始，至元豐八年（1085）宋神宗去世結束，史稱熙寧變法、熙豐變法。他提出的「新法」涉及經濟、軍事等方面，在一定程度上改變了北宋積貧積弱的局面，提高了國防力量，打擊和限制了封建地主階級和大商人非法漁利的情況。變法雖然得到了宋神宗的支持，但是由於觸動了保守權貴的利益，最後以失敗告終。

北固京口

　　鎮江的北固山前有塊平地，古人稱之為「京」，又因這塊地臨近長江的入海口，所以叫作「京口」。東漢末年，孫權在此建城，就是最初的「京口」。北固山號稱京口第一山，位於鎮江東側江邊，高約五十五米，北臨長江，山壁陡峭，形勢險固，故而得名。三國時「甘露寺劉備招親」的故事就發生在這裏，北固山也因此名揚千古。

瓜洲古渡

瓜洲古渡口是中國古代漕運的重要停靠站點。漕運是古代利用河道或海道調運糧食的大規模運輸活動。

李甲如此背信棄義，我的百寶箱就在此處沉了吧！

瓜洲往事：杜十娘怒沉百寶箱

明代馮夢龍的《警世通言·杜十娘怒沉百寶箱》講述了這樣一個故事：曾為青樓女子的杜十娘將全部希冀寄託在富家公子李甲身上，但李甲背信棄義，將其賣與孫富。杜十娘萬念俱灰，怒罵孫富，痛斥李甲，把百寶箱裏珍藏多年的寶物拋向江中，最後，抱着寶箱縱身躍入滾滾波濤之中。

我有樑，你有嗎？

就是因為沒有樑，我紫金山無樑殿才能這麼出名呢！別擔心，我可是很堅固的！

紫金山無樑殿

南京的鍾山又稱紫金山，是江南四大名山之一。山間名勝古跡眾多，其中靈谷寺的無樑殿，是中國歷史最久、規模最大的磚砌拱券結構的殿宇。它的特殊之處在於屋頂像拱形的橋洞，沒有常見的平直的房樑。

唐 · 白居易 772 - 846 年

字號：字樂天，號香山居士、醉吟先生

簡介：唐代現實主義詩人，有「詩魔」和「詩王」之稱。他在唐德宗貞元年間高中進士，為人耿直，為官期間多次因冒犯權貴被貶。其詩或諷刺封建朝廷，或悲憫大眾，題材廣泛，語言通俗曉暢，在民間廣為流傳。

代表作：《長恨歌》、《賣炭翁》、《琵琶行》等

憶江南①

江南好，風景舊曾諳②。
日出江花紅勝火，
春來江水綠如③藍④，
能不憶江南？

注釋

❶ 憶江南：詞牌名。
❷ 諳：熟悉。諳 ān，粵音庵。
❸ 如：勝過。
❹ 藍：藍草，一種可以提取青綠色染料的植物。

譯文

再到江南，又看見那些熟悉的景色。初升的太陽照在江邊，染紅了一地繁花，春季裏的江水碧綠勝過藍草，叫我怎能不懷念它啊？

賞析

這首詩描繪了詩人眼中江南春日之美。首句「江南好」與末句「憶江南」相呼應，正因為好，所以才值得回憶。第三句和第四句對顏色的描寫最為出色，紅綠對比鮮明，江南春景因此在詩人筆下鮮活起來。

古詩詞中的百科

貴賓們，我為大家演唱一曲
宋朝蘇軾的《水調歌頭·明月幾時有》：

明月幾時有？把酒問青天。不知天上宮闕，
今夕是何年。我欲乘風歸去，又恐瓊樓玉宇，高
處不勝寒。起舞弄清影，何似在人間。

轉朱閣，低綺戶，照無眠。不應有恨，何事
長向別時圓？人有悲歡離合，月有陰晴圓缺，此
事古難全。但願人長久，千里共嬋娟。

可以唱出來的「詞」

「詞」是詩歌的一種，當時出於配樂
演唱的目的，對句式、字數、音調等做了
一定的限制。宋朝是詞作的巔峯期，所以
稱為「宋詞」。

詞牌

詞牌是填詞用的曲調名，可說是詞的樂譜。「憶江南」就是一個詞牌名，它又叫「望江
南」、「夢江南」，晚唐時期已經廣為傳唱，至宋代依然長盛不衰。較著名的作品有劉禹錫的
《憶江南·春去也》、溫庭筠的《夢江南·千萬恨》、李煜的《憶江南·多少恨》、蘇軾的《望
江南·春未老》等。

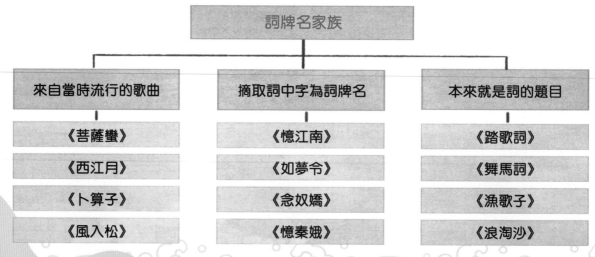

詞牌名家族		
來自當時流行的歌曲	摘取詞中字為詞牌名	本來就是詞的題目
《菩薩蠻》	《憶江南》	《踏歌詞》
《西江月》	《如夢令》	《舞馬詞》
《卜算子》	《念奴嬌》	《漁歌子》
《風入松》	《憶秦娥》	《浪淘沙》

全身是寶的藍草

　　古時候，人們將可以製造靛藍染料、用於染布的植物統稱為藍草。其中，菘藍和馬藍的根可以入藥，製成中藥板藍根。一年中，通常在小暑與白露前後採摘兩次藍草，從中提取的染料就是靛藍。靛藍色澤亮麗、凝重，一直受到人們的喜愛。北京海淀區的藍靛廠曾是明清時期種藍草、出產藍色染料的地方。

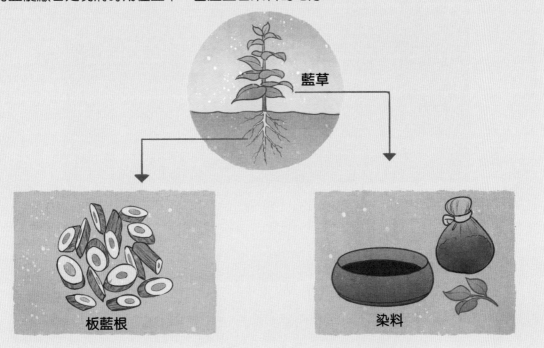

藍草

板藍根

染料

賢弟，我贈你一首詩，紀念我們的友情：
《和微之詩二十三首·和寄樂天》（節錄）
賢愚類相交，人情之大率。
然自古今來，幾人號膠漆。

白居易

元稹

元白之交

　　元稹（zhěn，粵音診）是唐朝詩人，與白居易同時入朝為官，兩人友情深厚，曾多次寫詩唱和。元稹去世後，白居易為其撰寫墓誌銘，元稹家人送了一筆酬金作為答謝。白居易將這筆錢連同自己搜集的數千卷佛經，一起捐給了洛陽香山寺。

唐·張志和 732 - 774 年

字號：字子同，號玄真子

簡介：唐朝著名詩人，曾考取功名，最終棄官離家，浪跡江湖。曾在太湖一帶隱居，後於平望鶯脰湖落水身亡。他的《漁父詞》來源於吳歌中的漁歌，意境深遠，韻味悠長。

代表作：《漁父詞》

漁歌子①

西塞山②前白鷺飛，
桃花流水鱖魚③肥。
青箬④笠，綠蓑衣，
斜風細雨不須歸。

注釋

❶ 漁歌子：詞牌名。
❷ 西塞山：浙江湖州境內的一座山。
❸ 鱖魚：一種可食用的淡水魚類。鱖 guì，粵音決。
❹ 箬：一種竹子。箬 ruò，粵音若。

譯文

　　西塞山前白鷺翩翩飛舞，江岸桃花盛開、春水初漲，江中的鱖魚肥美。漁翁身穿蓑衣、頭戴斗笠在垂釣，即使下着小雨，也不用回家。

賞析

　　前兩句描繪西塞山前的湖光山色，展現出一幅江南山水的風景畫卷，後兩句寫漁翁在細雨中悠閒垂釣的情態，人與景融為一體。語言清新，意境優美，意趣盎然。

古詩詞中的百科

　　白鷺是一種體形較大的白鳥，主要有大白鷺、中白鷺、小白鷺和雪鷺四種。其中，大白鷺成鳥體長約九十厘米，小白鷺成鳥體長一般也在五十厘米以上；中白鷺體形中等，無羽冠但有胸飾羽，而雪鷺全身都覆蓋着潔白的羽毛，頸背有絲狀蓑羽，還有黃色的趾和黑色的喙。雪鷺活潑好動，在春天繁殖季節，具有攻擊性，每當受到挑釁時，就會渾身炸毛。牠們繁殖期所生的冠羽和蓑羽可作裝飾用，俗稱白鷺絲毛，常遠銷歐美等地區。在繁殖期以外，白鷺大部分時候是寂靜無聲的。

頸彎曲幅度大
喙呈黃色
趾為黑色
大白鷺

頸彎曲幅度小
喙呈黃色，尖端發黑
趾為黑色
中白鷺

喙呈黑色
趾為黃色
小白鷺

氣炸了！
絲狀蓑羽
喙呈黑色
趾為黃色
雪鷺

我雖醜，但好吃

　　鱖魚是一種家常食用的淡水魚，性格兇猛，會吃掉其他魚類。又名鱖花魚、菊花魚、桂花魚、桂魚、鼇魚、脊花魚、胖鱖、花鯽魚、母豬殼等。

❀ 鱖魚 ❀

　　體高而側扁，背隆起，頭大，口略微傾斜，圓鱗甚細小；體側有不規則暗棕色斑塊、斑點。

❀ 麻鱖 ❀

　　體長而側扁，略呈紡錘形；頭大，吻短，鼻孔互相靠近，眼間窄，稍隆起，眼後背緣平直。

❀ 大眼鱖 ❀

　　眼較大，頭長大約為眼徑的五倍；上頜骨後端伸達眼後緣的下方。

❀ 柳州鱖 ❀

　　口大，下頜突出於上頜之前；眼較大，下頜兩側有一行膨大錐狀牙。

人們用一種不容易腐爛的草（民間叫蓑草）或者棕葉編織成雨具，叫做蓑衣或棕衣。在颳風下雨的日子裏，像衣服一樣穿在身上遮雨，農夫和漁民都會使用。現在一般用棕樹的棕皮和棕絨製作。箬笠是用竹篾、箬葉編織的寬邊帽，也叫斗笠。

哈哈！快看我的斗笠和蓑衣，能防雨又帥氣！雨滴灑落下來，一層又一層的蓑草會把濕氣阻擋在外面，不會打濕我的衣服。身體的熱氣又能通過蓑衣的空隙發散出去，方便透氣，穿着很舒服呢！

嘻嘻！我還是喜歡我的現代防雨裝束，又輕便又漂亮。

並不那麼浪漫的桃花水

桃花盛開的時節，河流通常也處於一年中的豐水期，此時水流速度較快，又時常漲水，古人稱之為春汛、桃花水或桃花汛。

黃河壺口瀑布位於山西省吉縣和陝西省宜川縣交界處，每年 3 月下旬至 4 月上旬，由於氣溫回暖，黃河上游融冰開河，水量大增，出現一年一度的桃花汛。

桃花汛時期的壺口瀑布

晉・陶淵明 352 或 365 - 427 年

字號：又名潛，字元亮，自號「五柳先生」，私諡「靖節」，世稱靖節先生
簡介：中國第一位田園詩人，東晉文學家，古今隱逸詩人之宗、田園詩派的鼻祖。曾任多個官職，最後一次出任彭澤縣令約八十日便辭官歸隱。後人將其傳世作品編為《陶淵明集》。
代表作：《歸田園居》

擬古・仲春遘時雨
nǐ gǔ ・ zhòng chūn gòu shí yǔ

仲春① 遘② 時雨，　始雷發東隅③。
眾蟄④各潛駭⑤，　草木縱橫舒。
翩翩新來燕，　雙雙入我廬。
先巢⑥故⑦尚在，　相將⑧還舊居⑨。
自從分別來，　門庭日荒蕪；
我心固匪石⑩，　君⑪情定何如？

注釋

❶ 仲春：仲，排行第二。仲春指農曆二月。
❷ 遘：遇到。遘 gòu，粵音究。
❸ 隅：靠近邊沿。隅 yú，粵音魚。
❹ 蟄：藏，冬眠。
❺ 駭：驚嚇。駭 hài，粵音蟹。
❻ 先巢：故巢，舊窩。
❼ 故：仍舊。
❽ 相將：相隨，相偕。
❾ 舊居：指故巢。
❿ 我心固匪石：固，牢固，堅定不移。匪，非。語出《詩經・邶風・柏舟》：「我心匪石，不可轉也。」意思是我的心並非石頭，是不可轉動的。比喻信念堅定，不可動搖。
⓫ 君：指燕子。

譯文

二月仲春時節，春雨應時而降，春雷開始震響。冬眠的蟲類被春雷驚醒，花草樹木復蘇，舒展枝條，生機盎然。南飛的燕子回來了，成雙成對飛進了我的茅草屋。樑上舊巢依然在，這對燕子一下子便尋到了舊巢，飛進去住了下來。原來，這對燕子是我的老朋友呢。自從去年分別以來，我家門庭一天天荒蕪了，我的心仍然是堅定不移，但不知您的心情究竟如何？

古詩詞中的百科

「驚蟄」是農曆二十四節氣中第三個節氣，一般在公曆 3 月 5 日或 6 日。此時太陽到達黃經 345°，標誌着仲春時節的開始。此時氣溫回升，雨水增多，正是中國大部分地區開始春耕的時候。此前，一些動物入冬藏伏土中，不飲不食，稱為「蟄」；到了「驚蟄」，天上的春雷驚醒蟄居的動物，稱為「驚」。

❀ 仲春 ❀

農曆一年十二個月，分春、夏、秋、冬四季，每一季為三個月，分別以孟、仲、季稱之。孟春指農曆一月，仲春指農曆二月，季春指農曆三月，之後依次為孟夏、仲夏、季夏，孟秋、仲秋、季秋，孟冬、仲冬、季冬。仲春二月裏，有中和節、龍抬頭等傳統節日。

❀ 雷 ❀

空中的雲體有的帶正電，有的帶負電，當它們相互碰撞摩擦時，會產生劇烈的放電現象，轟隆作響的「雷」就是這樣形成的。

❀ 動物蘇醒 ❀

驚蟄來臨，氣溫很快回升，地面溫度開始升高，冬眠的動物們體溫也開始回升，為了滿足新陳代謝所需，不得不出來覓食，這是牠們真正的蘇醒。

❀ 桃花開 ❀

桃花一般在 3 至 4 月盛開，漫山遍野花紅柳綠，正是春日裏最明媚的景象。桃花是早春重要的觀花樹種之一。

燕子——幸福的象徵

「翩翩新來燕」中的燕子學名「家燕」，是雀形目燕科七十四種鳥類的統稱。家燕是候鳥，會捕食多種害蟲，喜歡在民房的屋簷下築巢，雨燕和金腰燕都是牠們的近親。其形小，翅尖窄，凹尾短喙，足弱小，羽毛不算太多，行動靈活，主要以蚊、蠅等昆蟲為食，是眾所周知的益鳥。

❀ 燕窩 ❀

傳統名貴食品之一，是指雨燕科的部分雨燕和金絲燕屬的幾種金絲燕分泌出來的唾液，再混合其他物質所築成的巢穴。根據顏色的不同，燕窩也有白燕、黃燕、紅燕（血燕）之分。

❀ 候鳥 ❀

燕是典型的遷徙鳥，也稱候鳥。由於北方的冬季沒有飛蟲可供燕子捕食，因此，當繁殖結束後，幼鳥會跟隨成鳥活動，並逐漸集成大羣，在第一次寒潮到來前南遷越冬。

❀ 燕子築巢 ❀

燕子喜歡把巢穴搭建在人類的屋簷下。通常，燕子選擇築巢的地方都比較乾燥，並且容易覓食。傳說中，燕子只會選擇家庭和睦的人家搭窩，因此，牠也是幸福吉祥的象徵。

不為五斗米折腰

陶淵明在彭澤做縣令的時候，曾被一個以兇狠貪婪聞名的上司召見。那人十分傲慢無禮，且喜歡以巡視為名向轄縣索要賄賂。陶淵明想都沒想就拒絕了，並且辭去官職，因為他寧可捨棄朝廷的俸祿，也不會向小人點頭哈腰。這就是「不為五斗米折腰」的故事，反映了陶淵明清高的個性。「不為五斗米折腰」後來演變為成語，比喻為人不庸俗、有骨氣、不為錢財名利所動。

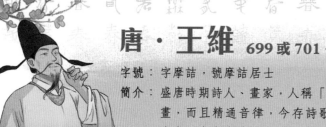

唐·王維 699 或 701 - 761 年

字號：字摩詰，號摩詰居士

簡介：盛唐時期詩人、畫家，人稱「詩佛」。多才多藝，不僅擅長詩詞書畫，而且精通音律，今存詩歌四百餘首。蘇軾評他的作品是詩中有畫、畫中有詩。

代表作：《相思》、《鳥鳴澗》、《山居秋暝》等

送元二使安西①
sòng yuán èr shǐ ān xī

渭城②朝雨浥③輕塵，
wèi chéng zhāo yǔ yì qīng chén

客舍④青青柳色新。
kè shè qīng qīng liǔ sè xīn

勸君更⑤盡一杯酒，
quàn jūn gèng jìn yì bēi jiǔ

西出陽關⑥無故人。
xī chū yáng guān wú gù rén

注釋

❶ 安西：今新疆庫車縣。
❷ 渭城：咸陽古城，位於今陝西省西安市附近。渭 wèi，粵音胃。
❸ 浥：潤濕。浥 yì，粵音泣。
❹ 客舍：客棧。
❺ 更：再。
❻ 陽關：古代通往西域的重要關口。

譯文

渭城的清晨，小雨濕潤了地面的塵土，客棧旁的楊柳青翠欲滴、明朗清新。朋友（元二）呀，勸你再飲一杯酒吧，出了陽關就見不到老朋友了。

賞析

王維的朋友元二將要去西北邊疆，這首詩就是王維送別元二時所作的。他從長安將元二一直送到了渭城，陽關不遠了，兩人必須分開。前兩句通過描寫清晨細雨後的景色，營造出潔淨明朗的送別氛圍，語言聲韻輕柔明快。後兩句只描寫了送別中的一個片段，勸朋友再飲一杯酒吧，出關後就沒有熟悉的老朋友了。簡單的兩句勸酒辭化俗為雅，蘊含了詩人的惜別之情和殷切祝福，以及與友人的深厚感情。從寫景開始，以抒情結尾，情景交融，感人至深。

古詩詞中的百科

王維生平一覽

❀ 731 年及之後 ❀

狀元及第，意氣風發。後來出任右拾遺、監察御史、河西節度使判官。天寶年間拜吏部郎中、給事中。

❀ 755 - 756 年 ❀

安史之亂爆發，王維被捕後被迫出任偽職，之後被降為太子中允。

❀ 758 - 760 年 ❀

官至「尚書右丞」，所以，後世也稱他為「王右丞」。

社會的黑暗逐漸消磨了他的政治抱負，晚年，他開始鑽研佛學，有「詩佛」之稱。因崇拜「維摩詰」（古印度佛經裏一位品格高尚的人），便將「摩詰」作為自己的字。

❀ 761 年 ❀

王維逝世。存詩四百餘首，遺作有《王右丞集》、《畫學秘訣》等。被後人譽為南宗山水畫之祖。

陽關與絲綢之路

西漢時，張騫出使西域，開拓了一條偉大的絲綢之路，從此將中國的茶葉和絲綢輸送到了世界各地。陽關和玉門關都是絲綢之路上的重要關隘，位於今甘肅省敦煌市郊外。漢武帝時期「列四郡、據兩關」，兩關即為陽關和玉門關。

匈奴的威脅

西漢初年，匈奴達到前所未有的強盛，並不斷入侵漢朝。漢高祖劉邦曾被匈奴冒頓單于率四十萬精兵圍困在白登山，險些喪命，這也成為漢朝王室的奇恥大辱。後來，漢朝對匈奴採取和親政策，但並未能阻擋匈奴的侵擾。

直到漢武帝時期，衛青、霍去病取得了對匈奴作戰的決定性勝利，將匈奴趕到了漠北，這才解除了匈奴對漢朝的威脅。

開拓絲綢之路的張騫

公元前 139 年，西漢張騫奉漢武帝之命，率領一百多人出使西域，打通了漢朝通往西域的南北道路，即赫赫有名的絲綢之路。

張騫被譽為偉大的外交家、探險家，他將中原文明傳播至西域，又從西域諸國引進了汗血馬、葡萄、苜蓿、石榴、胡麻等物種，促進了東西方文明的交流。

為了國家，我要打通這條通往西域的道路。

張騫

唐·孟郊 751-814年

字號：字東野

簡介：唐代著名詩人。近五十歲才做官，常年顛沛流離，其詩多自憐自哀，書寫蒼生苦難，與賈島齊名，有「郊寒島瘦」之稱。

代表作：《遊子吟》、《結愛》、《登科後》、《列女操》等

遊子①吟 yóu zǐ yín

慈母手中線，遊子身上衣。
cí mǔ shǒu zhōng xiàn，yóu zǐ shēn shàng yī。

臨②行密密縫，意恐③遲遲歸。
lín xíng mì mì féng，yì kǒng chí chí guī。

誰言④寸草心⑤，報得⑥三春暉⑦。
shéi yán cùn cǎo xīn，bào dé sān chūn huī。

注釋

❶ 遊子：離家在外的人。

❷ 臨：將要。

❸ 意恐：擔心。

❹ 誰言：誰能說，誰敢說，中間省略一字。

❺ 心：心意。

❻ 報得：報答。

❼ 三春暉：春天的陽光，比喻慈母恩情。暉 huī，粵音揮。

譯文

慈愛的母親穿針引線，為即將出遠門的兒子縫製衣衫。千針萬線縫得緊密結實，怕兒子長期在外，很久才回家。做子女的，誰敢說自己微不足道的孝心，能夠完全報答慈母的恩情？

賞析

孟郊四十六歲才中進士，此後輾轉多地做官，時常與母親分離，《遊子吟》正是在這樣的背景下創作的。此詩前四句用白描手法，刻畫了慈母為即將遠行的兒子趕製衣衫，既有動作描寫又有心理描寫，雖是普通的生活場景、日常的生活細節，但卻極具感染力。後兩句用比興手法，子女是小草，母愛是春天的陽光，形象的比喻，懸殊的對比，寄託了兒子對慈母的愛與深情。

古詩詞中的百科

太陽之光

詩句「報得三春暉」中的「暉」就是指陽光。太陽能夠發光發熱，主要是因為它身上時刻都在發生核反應，並且釋放出巨大能量。然後，陽光就穿透厚厚的大氣層，為地球送來了光和熱。

彩虹的魔法

彩虹是氣象中的一種光學現象。當陽光照射到半空中接近球形的小水滴時，會發生折射及反射。不同波長的光折射率不同，藍光的折射角度比紅光大，光在水滴內被反射後，觀察者看到的光譜是倒過來的，紅光在最上，橙黃綠藍靛紫光在下。

自己動手製造彩虹

我們在家也可以自己動手做出一道美麗的彩虹呢！首先準備一盆清水、一面鏡子，然後將鏡子放入水中，並放在有太陽光照射的地方。此時，調整鏡子在水中的位置和角度，讓鏡子反射出來的光照射到牆上，就能看到彩虹了，是不是很神奇呢？

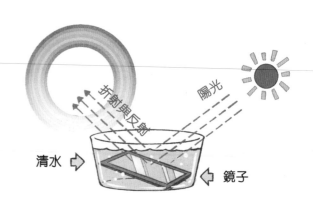

孟母三遷

孟子小時候由母親獨自撫養，日子過得很艱苦。母子倆住過墓地，又與屠夫做過鄰居。孟母發現，住在那些地方，孩子會學到不適合他們做的事情，於是，她搬了又搬，最終搬到了學堂旁邊住下來，讓孟子在讀書學習的氛圍裏成長，孟子最後成為了一代儒學大師。

> 我們還是搬家吧，這裏對你成長不好！

> 這裏也不行啊！

> 這才是適合我們居住的地方啊！

中國的母親花

詩句「誰言寸草心」中的「草」指的是萱草。萱草是一種多年生草本植物，花朵多為黃色，俗稱忘憂草，又叫金針花。古時候，每當子女要遠行時，就會在母親的屋外種上萱草，希望能減輕母親對孩子的思念，忘卻煩憂。萱草因此也被稱為中國的「母親花」。

母親節

這是感謝母親的節日，兒女們通常會送給母親一份禮物，以感謝她的偉大付出。現代意義上的母親節起源於美國。1914 年，美國將每年 5 月第二個星期日定為母親節。不過其他國家也有自己的母親節。

世界各國的母親花

美國：康乃馨

泰國：茉莉花

日本：石竹花

唐·王維 699 或 701 - 761 年

字號：字摩詰，號摩詰居士

簡介：盛唐時期詩人、畫家，人稱「詩佛」。多才多藝，不僅擅長詩詞書畫，而且精通音律，今存詩歌四百餘首。蘇軾評他的作品是詩中有畫、畫中有詩。

代表作：《相思》、《鳥鳴澗》、《山居秋暝》等

鳥鳴澗 niǎo míng jiàn

rén xián guì huā luò
人 閒① 桂 花 落 ，
yè jìng chūn shān kōng
夜 靜 春 山 空② 。
yuè chū jīng shān niǎo
月 出③ 驚 山 鳥 ，
shí míng chūn jiàn zhōng
時④ 鳴 春 澗⑤ 中 。

注釋

❶ 閒：安靜。
❷ 空：寂靜，空空蕩蕩的。
❸ 出：升起。
❹ 時：偶爾、不時。
❺ 澗：夾在兩山之間的流水。

譯文

　　寂靜的山谷中，萬籟俱寂，人的心也閒靜下來，似乎能聽到桂花飄落的聲音。明月無聲地升起來，月光驚動了在山中棲息的鳥兒，牠們在春水流淌的溪澗裏不時地鳴叫。

賞析

　　王維的山水詩具有靜謐的意境。本詩前兩句以聲音寫景，夜晚的山谷中，安靜得似乎能聽見花落的聲音。後兩句以動寫靜，「驚」、「鳴」二字更加襯托出山中的幽靜。詩人用花落、月出、鳥鳴等充滿生機的動態景物，突顯出山林的寂靜和詩人的禪心。

古詩詞中的百科

人類與月亮

　　月亮，從古至今都是人們嚮往的地方。隨着科技的進步，登月不再是神話，人類不斷地嘗試用自己開發的載人航天器將太空人送上月球。未來，人類可能會建立沿月球軌道飛行的實驗室，把月球作為登上更遙遠行星的一個落腳點。

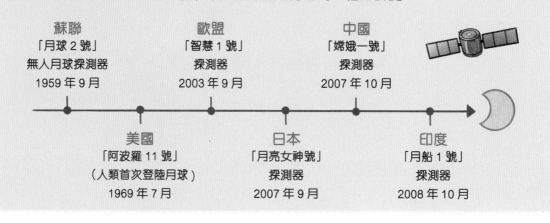

蘇聯
「月球 2 號」
無人月球探測器
1959 年 9 月

歐盟
「智慧 1 號」
探測器
2003 年 9 月

中國
「嫦娥一號」
探測器
2007 年 10 月

美國
「阿波羅 11 號」
（人類首次登陸月球）
1969 年 7 月

日本
「月亮女神號」
探測器
2007 年 9 月

印度
「月船 1 號」
探測器
2008 年 10 月

玉兔探月

　　月球是距離地球最近的星球，古稱「玄兔」、「嬋娟」等，它是人類登陸過的首個地外天體。2019 年 1 月，中國「玉兔二號」月球車成功登錄月球背面，也是人類史上首次月球背面軟着陸。2020 年 12 月，中國「嫦娥五號」探測器帶着月球的岩石樣本成功回航。

鳥鳴也是一門學問

　　鳥聲學是一門融合了鳥類學和聲學的新興交叉學科。每種鳥類都有自己鳴叫的方式或類型，牠們通常通過鳴叫聲來找尋配偶、建立家庭及保護家園。

　　鳥聲學的目的，是將所有鳥類的語言、鳴聲記錄下來，搞清牠們個體間的鳴聲差異、季節差異、地理差異等。

我在說話，你能聽懂嗎？

小鳥為何鳴叫？

　　鳥類鳴叫受日照長短及溫度等因素影響，當鳥類受到刺激或環境突然發生變化時，牠們會發出不同的鳴叫聲。

桂

木犀科，常綠喬木，高三至十五米，枝灰色，屬於觀賞植物。

❀ 花 ❀

桂花也叫岩桂，是中國傳統十大名花之一。每年中秋時節，桂花盛開，陳香撲鼻，令人神清氣爽。桂花可用來做桂花茶，也可做桂花酒、桂花餅。桂花香氣濃郁，卻不招蜜蜂，原因是桂花屬於自花授粉，蜜蜂只採異花授粉的花蜜。

❀ 葉 ❀

對生，革質，長橢圓形，長六至十二厘米，寬二至五厘米，全緣（葉子邊緣較圓滑）。

❀ 果 ❀

橢圓形，熟時紫黑色；可榨油也可入藥，有化痰、生津、暖胃、平肝的功效。

❀ 根 ❀

有明顯的主根，根系發達深長；可祛風濕，散寒，常用於風濕筋骨疼痛、腰痛、腎虛、牙痛。

❀ 皮 ❀

樹皮光滑，灰褐色或黑褐色，內皮紅色，味似肉桂。

延伸學習

《上元竹枝詞》
清 · 符曾

桂花香餡裹胡桃，
江米如珠井水淘。
見說馬家滴粉好，
試燈風裏賣元宵。

唐·賀知章 約659 - 約744 年

字號：字季真，自號「四明狂客」

簡介：唐代詩人、書法家。為人曠達不羈，好酒，有「清談風流」之譽。
詩以絕句見長，以寫景、抒情為主，語言清新質樸。現存詩十九首。

代表作：《詠柳》、《回鄉偶書》等

詠柳 (yǒng liǔ)

碧玉①妝②成一樹高，
(bì yù zhuāng chéng yí shù gāo)

萬條垂下綠絲絛③。
(wàn tiáo chuí xià lù sī tāo)

不知細葉誰裁出，
(bù zhī xì yè shéi cái chū)

二月春風似剪刀。
(èr yuè chūn fēng sì jiǎn dāo)

注釋

❶ 碧玉：嫩綠的柳葉。

❷ 妝：打扮。

❸ 絛：裝飾衣物的絲帶。絛 tāo，粵音滔。

譯文

高高的柳樹長滿了翠綠的新葉，柳枝垂下來，像飄動的綠絲帶。細細的柳葉是誰裁剪出來的呢？原來那二月裏的春風，就像一把靈巧的剪刀。

賞析

這是一首讚美柳樹的詩，前三句依次寫到了樹幹、樹枝和樹葉。詩人用比喻的手法貼切表現了樹木返青時，枝條柔軟、葉芽幼小等特點，末句又將春風比作美的創造者，思緒流暢，整體風格活潑生動。

古詩詞中的百科

　　「春分」是春季九十天的中分點、二十四節氣之一，在每年公曆 3 月 21 日左右。這一天，太陽直射地球赤道，南北半球季節相反，北半球是春分，南半球就是秋分。春分也是節日和祭祀慶典，是伊朗、土耳其、阿富汗等國家的新年。中國民間通常將其作為踏青（春天到野外郊遊）的開始。

♣ 晝夜等長 ♣

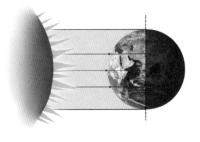

　　春分節氣平分了晝夜、寒暑，對於全年來說，是一個平衡的開始。這一天，太陽幾乎直射地球赤道，因而全球各地晝夜幾乎等長，各十二小時。之後，太陽直射點將向北移動，北半球進入晝長夜短階段，而南半球則相反。

♣ 北斗指東 ♣

　　春季的夜晚，如果夜觀天象，就會發現北斗七星的「勺柄」指向東方。古時候，人們根據北斗星的位置變化來分辨方向和季節。

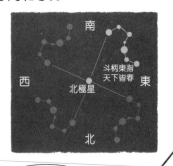

♣ 春耕 ♣

　　春分時節，全國各地自南向北陸續進入春耕、春播、春管的農忙時節。田裏，人們忙着春耕，小麥已經開始拔尖了。

♣ 放風箏 ♣

　　這時節春風吹拂，正適合放風箏。人們在風箏上寫上祝福語句，讓風箏越飛越高，希望天上的神能看到。

嘩！風箏飛得好高呀！

哈哈！我們跑快些，讓它飛得更高。

詩人歌詠的「柳」

中國古代文人墨客對柳樹有着特別的感情，在古代，柳樹又稱為小楊或楊柳。因「柳」與「留」諧音，可表達挽留、不忍分別之意。東晉的謝玄認為，「昔我往矣，楊柳依依；今我來思，雨雪霏霏」是《詩經》裏寫得最好的詩句。

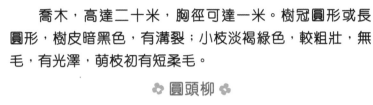

❧ 爆竹柳 ❧

喬木，高達二十米，胸徑可達一米。樹冠圓形或長圓形，樹皮暗黑色，有溝裂；小枝淡褐綠色，較粗壯，無毛，有光澤，萌枝初有短柔毛。

❧ 圓頭柳 ❧

喬木，高十至十五米。樹冠圓球形，枝質脆；雌花僅有腹腺；大枝斜上，樹冠圓形，樹皮暗灰色，有縱溝裂。

❧ 杞柳 ❧

柳樹家族中的「袖珍」朋友，樹高在一至三米之間，是一種小灌木，它們需要充足的水分和光照，所以適合生長在河流、濕地和沼澤附近。

最古老的剪刀

古埃及人很早已經開始使用青銅鑄造的剪刀，並且應用到手術中，但時間上說法不一，有說是早至公元前 15 世紀。

吳中四士

初、盛唐之交，有四位聞名遐邇的文人——張若虛、賀知章、張旭和包融。他們在文學上頗有建樹，又都是江浙一帶人，而這一帶在古代也叫吳中，因此，人們就稱呼他們為「吳中四士」。

賀知章
曠達不羈

張若虛
孤篇壓全唐

張旭
草書一絕

包融
與兩兒子皆善文

「謫仙人」李白

「謫仙人」這個稱號是賀知章送給李白的，說李白是被貶謫到人間的神仙，所以才能寫出那麼多充滿瑰麗想像的詩句。

宋・王觀 1035 - 1100 年

字號：字通叟

簡介：北宋詞人。當時王安石推行變法，高太后不滿，認為王觀屬於王安石門生，將其罷職，王觀從此以平民自居。其詞作往往以日常生活為背景，構思巧妙。

代表作：《卜算子·送鮑浩然之浙東》、《臨江仙·離杯》、《高陽台》等

卜算子① · 送鮑浩然之浙東

水是眼波②橫，山是眉峯聚。

欲③問行人去那邊？眉眼盈盈④處。

才始⑤送春歸，又送君歸去。

若到江南趕上春，千萬和春住。

注釋

❶ 卜算子：詞牌名。
❷ 眼波：形容美人的眼睛水汪汪的。
❸ 欲：想要。
❹ 盈盈：美好的樣子。
❺ 才始：剛剛。

譯文

　　水像美人流動的眼波，山像美人皺起的眉毛。想問遠行的人，你要去哪裏？是到有山有水的地方吧。剛送走了春天，又要為你送行。假如你到江南的時候，還能趕上春天，千萬要把春天的景色留住啊。

賞析

　　這是一首送別的詞。上片（詞的前半部分）寫在詞人眼中，水和山如美人的眼和眉，水是眼波流動，山是眉峯攢聚，山水含情，也為友人離別而動容。而友人要去的地方，也是「眉眼盈盈」的秀麗山水處。下片（詞的後半部分）抒發離情別緒，才送春歸，又送君歸，別情惆悵寄託在平淡的言語間，含蓄深沉，最後把對友人的祝福寄於江南的春光。這首詞構思新穎，語言清麗活潑，別具一格。

古詩詞中的百科

錢塘江古名「浙江」,古人曾以它為界線,劃分了「浙西」與「浙東」兩個區域,其中「浙東」包括現在的寧波、紹興、台州、溫州、金華、麗水、衢州等城市。

「浙東經濟合作區」包括地域相連的寧波、紹興、舟山、台州、嘉興五市,它們遵循平等互利原則,是自願組合的跨地區、開放型的區域經濟合作組織。它位於中國黃金海岸線的中段,是浙江東部沿海經濟最發達的地區。

錢塘江大橋

由中國橋樑專家茅以升主持設計,地處浙江省杭州市,是一座跨越錢塘江的雙層桁架樑橋,也是中國自行設計、建造的第一座雙層鐵路、公路兩用橋。它在 1937 年開通使用,橫貫錢塘江南北。現在橋面上層為雙向兩車道公路,下層為單線軌道鐵路,是多條鐵路的交通要道。

錢塘潮

錢塘江是浙江省內最大的河流,最後匯入東海。它在入海口處形成的海潮就是錢塘潮。每年中秋節後的兩三日,錢塘江的湧潮最為壯觀,潮水奔湧而來,排山倒海,潮峯高達三至五米,被譽為「天下第一潮」。

❀ 錢塘潮為何如此威猛? ❀

錢塘潮之所以有如此威勢,是因為某段時間太陽、月球、地球幾乎處在一條直線上,海水受到的引潮力達到最大。同時,江南岸酷似瓶子的地形使得潮水易進難退。而東南風也助長了潮勢。天時、地利與風勢三種因素交織在一起,就構成了錢塘潮這一千古奇觀。

秋水與眼睛

「水是眼波橫，山是眉峯聚」中的「水」與「山」，分別用來形容眼睛和眉毛。秋水，顧名思義，就是秋天的水，常用來比喻人（多指女人）清澈明亮的眼睛，如「望穿秋水」。女子亮晶晶的眼睛中彷彿含着一汪春水，蕩漾着微波。

遠山與眉毛

中國古代文學作品中，經常借用「秋水」和「遠山」比喻女子的眼睛和眉毛。眉毛有不同的造型，山也有不同的形態，如「眉黛小山攢」，描寫女子眉頭緊皺的樣子，就像小山聚在一起。

那些古代流行過的眉型

❀ 蛾眉 ❀

傳說春秋美女莊姜就長着像蠶蛾觸鬚一樣的蛾眉，遂成為後世女子追求的主流。

❀ 桂葉眉 ❀

蛾眉到了唐朝的變種，闊而短。需要將原本的眉毛剃掉一部分，然後用眉粉修飾。

❀ 遠山眉 ❀

司馬相如的妻子卓文君引領了「遠山眉」之風，眉形修長，顏色淡遠，如望見遠山。

❀ 八字眉 ❀

眉頭上翹，眉尾下滑，形似「八」字而得名。曾在漢代流行，唐代也曾流行一時。

畫眉藝術的高峯——唐朝

唐朝是中國古代眉式最為豐富的時期。人們在額頭隨心所欲地揮毫潑墨，顯示出了非凡的創造力。

宋詞二觀

指秦觀與本詩作者王觀二人，他們都是江蘇人，也是一對好友，都在宋代詞壇上取得了令人矚目的成就。秦觀堪稱婉約派一代詞宗，他在詞上的造詣超過了詩，寫得最好的是慨歎身世和歌頌愛情的詞。

秦觀　　　　王觀

宋·蘇軾 1037 - 1101 年

字號：字子瞻、和仲，號東坡居士、鐵冠道人

簡介：北宋著名文學家、書法家、畫家。蘇軾一生為官屢次被貶，但是他坦蕩曠達，始終保持樂觀的心態，在文學藝術上取得了卓越的成就，在詩、詞、散文方面均有建樹。

代表作：《東坡七集》、《東坡易傳》、《東坡樂府》等

浣溪沙①

遊蘄水②清泉寺，寺臨蘭溪，溪水西流。

山下蘭芽短浸溪，松間沙路淨無泥。

瀟瀟③暮雨子規④啼。

誰道人生無再少？門前流水尚能西！

休將白髮唱⑤黃雞⑥。

注釋

❶ 浣溪沙：詞牌名。

❷ 蘄水：古代縣名，位於今湖北省浠水縣境內。蘄 qí，粵音奇。

❸ 瀟瀟：形容雨聲。

❹ 子規：杜鵑鳥，通常夜間啼叫。

❺ 唱：哀歎。

❻ 黃雞：黃雞報曉，比喻時光流逝。

譯文

　　到蘄水的清泉寺遊玩，清泉寺就在蘭溪旁邊，溪水向西流。

　　山腳下的蘭草剛抽芽，幼芽浸潤在溪水中，松林間的沙石路被雨水沖洗得一塵不染。傍晚時分，細雨蕭蕭，杜鵑聲聲。誰說人生不能再回到少年時期？門前的溪水還能向西流淌呢，不要在年老時總哀歎時光飛逝。

賞析

　　這首詞作於蘇軾被貶官之時，描寫的是南方初春的景色。詞的上闋（前半部分）寫景，詞人將本來易引發傷感的景色寫得生機盎然，細雨綿綿，杜鵑啼聲清脆，蘭草的新芽茁壯成長，林間潔淨清新。詞的下闋（後半部分）抒懷，化用白居易詩句，卻一改白詩的悲傷基調，勸說世人，自我勉勵，不要感傷青春逝去、人生易老，而要樂觀向上，自強不息。整首詞直抒胸臆，明白曉暢，又蘊含深刻的哲理。

古詩詞中的百科

寫詩、書法兩開花的蘇軾

蘇軾不僅是詩詞大家，文采斐然，他的書法也很有特點，自成一家。與黃庭堅、米芾（fú，粵音忽）、蔡襄同為宋代書法家的典型代表，合稱「宋四家」。

蘇軾

黃庭堅

米芾

蔡襄

烏台詩案

「烏台」是指御史台，因其附近有很多烏鴉而得名，是中央行政監察機關、中央司法機關。蘇軾寫過一篇《湖州謝上表》，被人誣告說他諷刺朝廷。後來，這宗案件在烏台開庭審理，史稱烏台詩案。

一門三傑

蘇軾與父親蘇洵、弟弟蘇轍，都是北宋聞名一時的大文學家，世人尊稱他們為「三蘇」。

蘇軾　　　　　蘇洵　　　　　蘇轍
1037 - 1101 年　　1009 - 1066 年　　1039 - 1112 年

子規又叫杜鵑

詩中的子規是杜鵑的別稱，因為牠的叫聲特別哀切，像是在盼子回歸，所以有「子規」、「子歸」等名。

杜鵑是益鳥，主要分為大杜鵑、三聲杜鵑和四聲杜鵑。三分之一的杜鵑有巢寄生現象，即是將自己的蛋產在其他鳥的鳥巢裏，讓牠代為孵化和照顧雛鳥。

大杜鵑：叫聲似「布穀、布穀」，所以又叫布穀鳥。

三聲杜鵑：叫聲似「米貴陽」，所以，有些地方就叫牠米貴陽。

四聲杜鵑：又稱子規鳥，叫聲似「快快割麥」、「割麥割穀」。

子規啼血的誤會

據《史記》記載，望帝杜宇禪位於鱉靈，之後隱居修道。沒想到新君上位後強佔了望帝的妻女。望帝絕望之下化作一隻鳥，徹夜哀鳴，並且常常啼出鮮紅的血來，染紅了漫山的杜鵑花。傳說雖美，但這只是因為杜鵑的口腔上皮和舌頭都是紅色的，古人誤以為牠是「啼」得滿嘴流血，才有了杜鵑啼血的傳說。

嗚嗚！我好絕望！

蘭草

詩中「山下蘭芽短浸溪」的「蘭」，屬於單子葉植物，多年生草本。

花：總狀花序，下方一瓣唇形，上有紫紅色斑或無；花梗可治惡癬。

果：三角形，種極小；花果期在 7 至 11 月；能止嘔吐。

葉：中部莖葉較大，三全裂或三深裂；莖葉光滑，可治百日咳。

根：可治肺結核、肺膿腫及扭傷，也可接骨。

清泉寺曾有清泉

這座寺廟位於湖北省浠水縣，寺的東面有泉水從石壁間流出來，原本有兩個泉，甘美清香，故名清泉寺。

清泉寺

唐·杜甫 712 - 770年

字號：字子美，自號少陵野老

簡介：唐代現實主義詩人，有「詩聖」之稱。與李白合稱「李杜」。杜甫平生官場不得志，一輩子顛沛流離，卻始終憂國憂民。他的詩反映社會現實，有「詩史」之稱。今存詩歌約一千五百首，多收錄於《杜工部集》。

代表作：《北征》、《春望》、《登高》等

聞官軍收河南河北

劍外①忽傳收薊北②，初聞涕淚滿衣裳。

卻看妻子愁何在，漫捲詩書喜欲狂。

白日放歌須縱酒，青春③作伴好還鄉。

即從巴峽穿巫峽④，便下襄陽向洛陽。

注釋

❶ 劍外：四川的劍門關以南。這裏指四川。

❷ 薊北：今河北北部地方，當時是安史叛軍的根據地。薊 jì，粵音計。

❸ 青春：大好春光。

❹ 巫峽：長江三峽之一。

譯文

　　劍門關外忽然傳來官軍收復薊北的消息，剛聽説此事時我高興得淚流滿面，淚水打濕了衣衫。回頭看看妻兒臉上的愁雲也消散了，胡亂捲起詩書，竟然有些欣喜若狂。在這晴朗的日子裏又是高歌又是痛飲，趁着這明媚的春光與妻兒一同返回家鄉吧。就從巴峽穿過巫峽，過了襄陽再直奔洛陽。

賞析

　　這首詩表達了詩人忽聞收復失地的捷報，急於奔回老家的狂喜之情。因安史之亂，詩人與家人多年漂泊在外，歷經磨難，突然聽説家鄉已從叛軍手中收復，情緒突然釋放，喜極而泣，悲喜交集，在欣喜若狂中急切地計劃回鄉的路程。這裏用「即從」、「穿」、「便下」、「向」與四個地名相聯結，表現出詩人在想像中一路飛馳，想要一瞬間就回到家鄉的迫切心情。

古詩詞中的百科

詩中的「巴峽」和「巫峽」都是長江三峽的一部分。長江三峽地跨重慶、湖北兩省市，西起重慶市奉節縣白帝城，東至湖北省宜昌市南津關，全長一百九十三公里，沿途奇峯陡立、峭壁對峙、風光奇絕，自西向東依次為瞿塘峽、巫峽和西陵峽。第五套人民幣十元紙幣背面的風景圖案就是「長江三峽——夔門」（夔 kuí，粵音葵）的景色。

船是怎麼過三峽的？

三峽大壩閘口兩端的水平面有將近四十層高樓的落差，以前船隻「爬樓梯」通過三峽南北雙線五級船閘時需要三四個小時。三峽升船機系統建成之後，三千噸級的船舶通過升船機「坐電梯」進入引航道進行「翻壩」，全程只需約三十七分鐘，大大節約了時間成本。這也是世界上規模最大、技術難度最高的升船機。

世界第一大峽谷

峽谷是地殼運動造就的神奇風景，由於寬度遠遠低於深度，所以帶有天然的險峻美感。中國的雅魯藏布大峽谷全長約五百零四公里，最深約六千零九米，平均深度二千二百六十八米，是目前世界公認的第一大峽谷。它具有從高山冰雪帶到低山河谷熱帶雨林等九個垂直自然帶，匯集了多種生物資源。

最深約 6009 米

最窄處 20 餘米

中國的酒文化

　　酒的化學成分是乙醇，一般含有微量的雜醇和酯類物質。中國是釀酒最早的國家，早在二千年前就發明了釀酒技術，並不斷改進和完善，現在已發展到能生產各種濃度、各種香型的酒飲料。

白酒
原料：澱粉或糖質原料
氣味口感：芳香純正
顏色：無色（或微黃）透明
酒精濃度：較高

米酒
原料：江米汁
氣味口感：香甜醇美
顏色：白色微黃
酒精濃度：極低

啤酒
原料：大麥芽、啤酒花、水
氣味口感：苦而爽口，幽香清雅
顏色：黑、白、紅、黃等
酒精濃度：較低

藥酒
原料：中藥加酒
氣味口感：浸泡物（藥）的味道
顏色：半透明
酒精濃度：多為 50% - 60%

葡萄酒
原料：新鮮的葡萄或葡萄汁
氣味口感：帶果香
顏色：微黃帶綠或紅色
酒精濃度：高於啤酒而低於白酒

黃酒
原料：粟、大米和黍米（或糯米）
氣味口感：因含糖量不同而異
顏色：黃、棕、褐
酒精濃度：14% - 20%

安史之亂

　　「安史之亂」指的是唐朝玄宗末年至代宗初年（755 年 12 月 16 日至 763 年 2 月 17 日），唐朝將領安祿山與史思明背叛唐朝後發動的統治權爭奪戰。這場內戰使唐朝人口大量減少，國力銳減，是唐朝由盛而衰的轉捩點。本詩寫於史朝義自縊，安史之亂結束的背景之下。

襄陽古城

我是古代的軍事要塞！

　　襄陽位於湖北省，地處漢水中游南岸，扼守水陸交通要道，自古以來就是兵家必爭之地。現存的襄陽古城始建於東漢，城牆總長七千三百二十二米，牆上開了四千多個垛口，用來監視和打擊敵人。

唐·韓愈 768 - 824 年

字號：字退之，世稱「韓昌黎」、「昌黎先生」

簡介：唐代文學家、思想家、哲學家、政治家，古文運動倡導者，被後人尊為「唐宋八大家」之首。其文章旁徵博引、構思嚴謹、邏輯清晰，現存詩文作品七百餘篇，體裁多樣。

代表作：《論佛骨表》、《師說》、《進學解》等

晚春二首·其一
wǎn chūn èr shǒu　qí yī

草樹知春不久歸，
cǎo shù zhī chūn bù jiǔ guī

百般紅紫鬥芳菲。
bǎi bān hóng zǐ dòu fāng fēi

楊花①榆莢②無才思，
yáng huā yú jiá wú cái sī

惟解③漫天作雪飛。
wéi jiě màn tiān zuò xuě fēi

注釋

❶ 楊花：指柳絮。
❷ 榆莢：榆樹的果實，俗稱榆錢兒。
❸ 惟解：只知道。

譯文

　　花草樹木感知到春天即將歸去，於是爭芳鬥豔，萬紫千紅。柳絮和榆錢兒雖無好顏色，但也不甘寂寞，化作潔白的雪花漫天飛舞，加入惜春爭豔的行列。

賞析

　　這首七絕詩描繪的是暮春景色。詩人通過細緻的觀察，奇妙地運用擬人手法，以「知、鬥、解」寫出了春夏之交草木興隆的景象。雖寫晚春，卻無歎春、惜春的傷感，反而呈現出一派欣欣向榮的景象。

古詩詞中的百科

「古文運動」與「唐宋八大家」

　　「古文運動」指的是「唐宋古文運動」，是從唐代中期至宋朝的以提倡古文、反對駢文為特點的文體改革運動。

　　本詩作者韓愈提倡「古文」，反對「駢文」，認為駢文只講究辭藻，華而不實，而以先秦和漢朝散文為代表的「古文」文體自由，語言質樸，言之有物，抒發真情實感。宋朝以歐陽修為代表的文人，繼承了韓愈的古文思想，創作了大量平易自然、有血有肉的散文。後來，人們把唐代的韓愈和柳宗元，以及宋代的歐陽修、曾鞏、王安石、蘇洵、蘇軾、蘇轍合稱「唐宋八大家」，把唐代和宋代的兩次古文運動稱為「唐宋古文運動」。

> 比起華而不實的駢文，古文既質樸，又有真情實感，有血有肉多啦！支持古文！

韓愈

❀ 唐宋八大家 ❀

唐代：韓愈、柳宗元

宋代：歐陽修、曾鞏、王安石、蘇洵、蘇軾、蘇轍

芳菲

　　「芳」和「菲」這兩個字具有相近的意義，它們都可以用來修飾花草的芳香美麗，時常出現在詩歌當中。

《大林寺桃花》

唐·白居易

人間四月芳菲盡，

山寺桃花始盛開。

長恨春歸無覓處，

不知轉入此中來。

愛飄毛毛的柳

「楊花榆莢無才思」中的「楊花」其實是指柳絮。古時候的「楊柳」多指垂柳，並非楊樹和柳樹的合稱，所以，柳絮也稱為楊花。其實柳絮就是柳樹的種子，由於柳樹種子上面有白色絨毛，看起來像漫天飛雪。通常在春末夏初隨風飄揚，落地之後就有可能生根發芽。

別看我小，我可是能長成一顆大樹的種子呢！

飛吧！

孩兒們，趕快飛起來吧！

❀ 不是所有柳樹都有種子 ❀

有些樹木是分雌雄的，柳樹也是，而柳絮就是雌樹播撒的種子。5月裏柳絮紛飛，都是雌樹在「作怪」。不過，在幼苗的時候無法知道它的性別，等到長成大樹飄絮時才能分出雌雄。

❀ 柳絮的危害 ❀

柳絮雖然本身無毒無害，但卻容易夾帶病毒，成為過敏源和污染源，從而引發皮膚瘙癢、咳嗽等症狀，敏感人士春季出行可佩戴口罩。此外，柳絮還有易燃的特性，容易誘發火災，我們一定要注意不要在柳絮多的地方點燃火苗。

我有健脾安神、清心降火的功效呢！

榆莢

榆莢也叫榆錢兒、榆樹巧兒，是榆樹的種子，因為它又圓又薄，外形像錢幣，所以被稱為「榆錢兒」。因其與「餘錢」諧音，村人在房前屋後種榆樹，討個好頭。新摘下來的榆錢兒脆甜綿軟，清香爽口，可煮成榆錢粥，也可做成榆錢飯（拌上麵粉蒸熟來吃）。

漢樂府

出處：《樂府詩集》

作者：佚名

簡介：本詩選自宋代郭茂倩編纂的《樂府詩集》。全書共一百卷，收錄了上起漢魏，下至五代的歌謠。除了有封建朝廷的樂章，還保存了大量民間入樂的歌詞和文人創造的《新樂府詩》。

長歌行
cháng gē xíng

青青園中葵①，朝露待日晞②。
qīng qīng yuán zhōng kuí　　zhāo lù dài rì xī

陽春布③德澤，萬物生光輝。
yáng chūn bù dé zé　　wàn wù shēng guāng huī

常恐秋節至，焜黃④華⑤葉衰。
cháng kǒng qiū jié zhì　　kūn huáng huā yè shuāi

百川東到海，何時復西歸？
bǎi chuān dōng dào hǎi　　hé shí fù xī guī

少壯不努力，老大徒傷悲。
shào zhuàng bù nǔ lì　　lǎo dà tú shāng bēi

注釋

❶ 葵：冬葵，中國古代重要蔬菜之一，可入藥。
❷ 晞：天亮。這裏指陽光照耀。晞 xī，粵音希。
❸ 布：播撒。
❹ 焜黃：形容草木衰落枯黃。焜 kūn，粵音昆。
❺ 華：同「花」。

譯文

園圃裏葵菜翠綠，葉子上的露珠等待着陽光照耀。春天為大地播撒恩德和希望，萬物因此生機勃勃。（人們）常常對秋天的到來心存恐懼，因為不想見到草枯葉落的衰敗景象。百川奔騰着東流到大海，何時才能重新返回西境？少年人如果不及時努力，到老時只能悔恨一生。

賞析

這首詩選自《樂府詩集》。詩中前兩句託物起興，從園中葵菜的蓬勃生長延伸到自然萬物的生機勃勃、生機盎然。表面上讚美春天，實則讚美青春，寓意着青春像春天一樣美好。

古詩詞中的百科

露珠

我的生命很短暫，夜間誕生，日出就會蒸發消散了！

「朝露待日晞」中的「露」指的是每天清晨，室外的草、樹葉或者農作物的葉片上時常能夠看到的透明小水珠。它們是溫暖季節裏因夜間溫度下降，與物體表面接觸的空氣析出了多餘的水氣，凝結成水滴附着在物體表面上而形成的。如果氣溫低於 0℃，水氣就會凝結成霜而不是露珠了。

❀ 小小露珠價值高 ❀

利於農業：中國北方的夏季由於氣溫高，蒸發很快，遇到缺雨的季節，農作物的葉子白天會被曬得捲縮發乾，但是夜間有露，葉子就又能恢復原狀。

藥用價值：露水可用來煎煮潤肺殺蟲的藥劑，或把治療疥癬、蟲癩的散劑調成外敷藥，以增強療效。

冬葵

冬葵是一種一年生的草本植物，可以長到一米高，它的幼苗和嫩莖葉可以當菜吃。它雖名為「冬葵」，但卻怕冷，最佳生長溫度是 15℃至 20℃。

❀ 曾是百菜之王 ❀

二千五百年前：「五菜」之首（葵、藿、薤、葱、韭）
↓
春秋戰國時期：中原地區普遍栽種
↓
元代：被稱為「百菜之主」
↓
明代：由於蔬菜種類增加，葵不再是主要蔬菜

❀ 能做菜能入藥 ❀

食用價值：幼苗或嫩莖葉可當蔬菜吃，營養豐富，含有黏液質，煮後肥嫩滑膩。

藥用價值：全株可入藥，根、莖、葉和種子有清熱解毒、滑腸通便的功效。

水的循環

由於太陽輻射和重力作用，地球表面的水以固態、液態和氣態的形式在陸地、海洋和大氣之間，通過蒸發、降水等方式相互轉化、不斷循環。

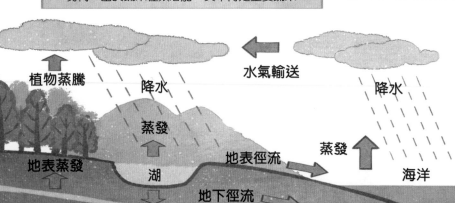

植物蒸騰　降水　水氣輸送　降水　蒸發　地表蒸發　蒸發　湖　地表徑流　海洋　地下徑流

百川歸海

中國陸地地勢西高東低，呈三級階梯分布，大多數河流都自西向東流入海洋。成語「百川歸海」表示眾多事物匯集到一起，比喻大勢所趨或眾望所歸。

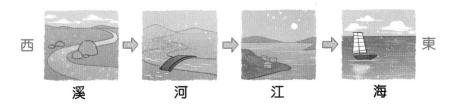

西　溪　→　河　→　江　→　海　東

❀ 中國陸地地勢三級階梯 ❀

唐王統一天下，萬民稱頌，有百川歸海之勢。

第一階梯

盆地：柴達木盆地；高原：青藏高原，位於昆侖山、祁連山之南，橫斷山脈以西，喜馬拉雅山以北，平均海拔四千米以上。

第二階梯

高原：內蒙古高原、黃土高原、雲貴高原。盆地：準噶爾盆地、四川盆地、塔里木盆地，平均海拔一千至二千米。

第三階梯

平原：東北平原、華北平原、長江中下游平原；丘陵：遼東丘陵、山東丘陵、東南丘陵，大部分海拔在五百米以下。

古人的勤學故事：鑿壁借光

西漢時，有個農民子弟叫匡衡，他酷愛讀書，但沒錢買燈油來點燈閱讀。有天晚上，匡衡正在背書，突然發現東邊牆壁上透出一絲亮光，原來是鄰居家的光從牆壁的裂縫裏照進來了。於是，匡衡想了個辦法，把牆縫挖得更大一些，然後就湊着微弱的光讀起書來。通過持之以恆的努力，匡衡終於成了一個很有學問的人。成語「鑿壁借光」現在也用來形容家貧而讀書刻苦的人。

這麼黑，怎麼看書呢？

牆壁裏怎麼有光？

太好了！這樣晚上我也能看書啦！

75

唐·杜牧 803 - 約852年

字號：字牧之，號樊川居士
簡介：唐代詩人、散文家。二十六歲高中進士、入朝為官，晚年定居長安
　　　城南郊的樊川地區，著有《樊川文集》，其詩以七言絕句成就最高。
代表作：《山行》、《阿房宮賦》、《江南春》等

清明①

qīng míng shí jié yǔ fēn fēn
清 明 時 節 雨 紛 紛 ，

lù shàng xíng rén yù duàn hún
路 上 行 人 欲 斷 魂② 。

jiè wèn jiǔ jiā hé chù yǒu
借 問 酒 家 何 處 有 ，

mù tóng yáo zhǐ xìng huā cūn
牧 童 遙 指 杏 花 村 。

注釋

❶ 清明：既是二十四節氣之一，也是一個傳統節日，
　　一般在公曆4月4日或5日。
❷ 斷魂：這裏指心情有些茫然、惆悵。

譯文

　　江南地區的清明時節細雨濛濛，路上的行人個個失魄落魂、無精打采。跟當地人打聽哪裏有酒館可以買酒，小牧童抬手指着遠處告訴我，就在那個杏花掩映的村莊。

賞析

　　這首詩通俗易懂，朗朗上口。全詩採用「起承轉合」的寫法，第一句「起」，交代時間、環境和氣氛；第二句「承」，交代人物和心境狀態；第三句「轉」與第四句「合」緊緊相連，一問一答，達到全詩的高潮，餘韻悠長，耐人尋味，因此成為千古傳誦的名篇。

古詩詞中的百科

　　「清明」既是自然節氣，也是傳統節日，一般在公曆 4 月 4 日或 5 日。清明節，又稱踏青節、祭祖節，融自然與人文風俗為一體。清明節習俗是踏青郊遊、掃墓祭祀、緬懷祖先，這是中華民族延續數千年的優良傳統，不僅有利於弘揚孝道親情、喚醒家族共同記憶，還能增強家族成員乃至民族的凝聚力和認同感。

❀ 田鼠化為鴽 ❀

　　鴽（rú，粵音如），古書上指鵪鶉類的小鳥。「田鼠化為鴽」是指，過了清明節，田鼠因烈陽之氣漸盛而躲回洞穴避暑，反而是喜愛溫暖的鴽鳥鑽出巢穴，多了出來活動。此句也用來比喻陰氣絕而陽氣漸盛。

❀ 桐花盛開 ❀

　　古人常用桐花的開放表示春意即將逝去，而桐花的凋零容易引發着傷春的情緒。桐花可以說是清明「節氣」之花，是自然時序的物候標誌，三春之景到清明時已達到極致，但之後也將由盛轉衰。

❀ 寒食節 ❀

今天只能吃冷食！

　　春秋時，晉國大臣介子推逝世的日子正在清明節前夕，晉文公姬重耳下令這一天禁火寒食，後來演變為寒食節，定在清明節前一天。民間有寒食節不起炊煙，吃冷食的習俗。

❀ 踏青 ❀

　　踏青也稱「踏春」，一般指初春時到郊外散步遊玩，起源於遠古農耕祭祀的迎春習俗。舊時曾以清明節為踏青節，日期因時而異。

哈哈，踏青真高興！

古詩中常見的杏

杏樹是一種落葉喬木，先開花後長葉。杏樹壽命比較長，西北、華北地區常見百歲以上的杏樹。

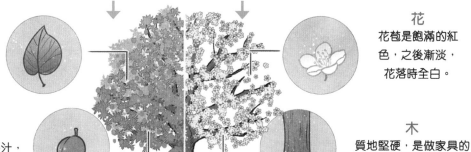

結果期 6 - 7 月　　開花期 3 - 4 月

葉
可做飼料。

花
花苞是飽滿的紅色，之後漸淡，花落時全白。

果
常見水果之一，味甜多汁，營養豐富。果皮多為白色、黃色至黃紅色。

木
質地堅硬，是做家具的好材料，枝條可作燃料。

詩中有酒

❀ 宴會親友時 ❀

流落時相見，悲歡共此情。
與因尊酒洽，愁為故人輕。
——唐·張繼
《春夜皇甫冉宅歡宴》
（節選）

❀ 送別好友時 ❀

勸君更盡一杯酒，
西出陽關無故人。
——唐·王維
《送元二使安西》
（節選）

酒與詩

酒與中國古典詩詞關係頗深，詩人們借着酒意創作出各種瑰麗多變的詩作，而詩中談酒，更是文人生活的真實寫照。本詩中的杏花村就是古代安徽的一家酒店。

喝點兒小酒，才思泉湧啊！

酒中有詩

花間一壺酒，獨酌無相親。
舉杯邀明月，對影成三人。
——唐·李白
《月下獨酌四首·其一》
（節選）

午醉未醒紅日晚，
黃昏簾幕無人卷。
——北宋·蘇軾
《蝶戀花·蝶懶鶯慵春過半》
（節選）

唐·白居易 772-846年

字號： 字樂天，號香山居士、醉吟先生

簡介： 唐代現實主義詩人，有「詩魔」和「詩王」之稱。他在唐德宗貞元年間高中進士，為人耿直，為官期間多次因冒犯權貴被貶。其詩或諷刺封建朝廷，或悲憫大眾，題材廣泛，語言通俗曉暢，在民間廣為流傳。

代表作：《長恨歌》、《賣炭翁》、《琵琶行》等

賦得古原草送別
fù dé gǔ yuán cǎo sòng bié

離離①原上草，一歲②一枯榮。
lí lí yuán shàng cǎo，yí suì yì kū róng。

野火燒不盡，春風吹又生。
yě huǒ shāo bú jìn，chūn fēng chuī yòu shēng。

遠芳③侵④古道，晴翠接荒城。
yuǎn fāng qīn gǔ dào，qíng cuì jiē huāng chéng。

又送王孫⑤去，萋萋⑥滿別情。
yòu sòng wáng sūn qù，qī qī mǎn bié qíng。

注釋

❶ 離離：青草茂盛的樣子。

❷ 歲：年。

❸ 遠芳：草的香氣遠播。

❹ 侵：侵佔，長滿。

❺ 王孫：這裏指遠方的友人。

❻ 萋萋：形容草木茂盛的樣子。

譯文

原野上長滿茂盛的青草，每年秋冬青草枯黃，春天時草色又漸濃。野火也燒不盡滿地野草，春風吹來時它又重新生長，綠意盎然。遠處芬芳的野草蓬勃生長，遮蓋了古道，陽光下碧綠的青草蔓延到遠處的荒城。今天我又來送別老朋友，連繁茂的草兒也滿懷離別之情。

賞析

這是一首送別友人的詩，但全篇重點卻在寫草，實際上是以草木茂盛來表現友人之間依依惜別時的綿綿情誼，情深意切。

古詩詞中的百科

草

「草」是一類草本植物的總稱，與之對應的是木本植物，通稱「樹」。草本植物具有木質部不甚發達的草質或肉質的莖，其地上部分大都於當年枯萎。但也有地下莖發達而為二年生或多年生和常綠葉的種類。

小草的一生

冬天把草燒成灰，其中的礦物成分會保留在灰中，灰可以隨着雨水滲到土壤裏，為土壤補充礦物質，如同施肥。大火燒掉的只是草枯黃的葉、莖，長在土中的地下根不會受到影響。春天來了，草照舊還能生長。

夏季草籽孕育

秋季草籽成熟

冬季枯萎（經歷火燒）

春季萌芽生長

古人怎麼計時？

古代的計時單位與現代不同，「歲、載、秋」均為古代計時單位，代表一年。此外，代表一年的還有春秋、寒暑等。

1個時辰	2 小時
1 刻	15 分鐘
1 盞茶	10 分鐘
1 炷香	5 分鐘

年 ＝ 歲、載、秋、春秋、寒暑

千奇百怪的草

❀ 草中捕獵手——捕蠅草 ❀

原產於北美洲的捕蠅草有着與眾不同的葉子——不但長刺，而且布滿細細的絨毛。當感知到有昆蟲落在葉片上時，它那兩片葉子就會迅速合攏，將獵物困在「籠中」。

彪悍，是一種氣質！

❀ 看似文弱的含羞草 ❀

含羞草是一種常見的豆科多年生草本植物，生命力頑強。它的葉片受到外力觸碰時會立刻閉合，像是害羞的樣子，因而得名。其實這是一種自我保護機制。

古代科舉考試採用逐級篩選的方法，例如通過了童試才能成為一名秀才。童試還分為縣試、府試和院試三個階段。

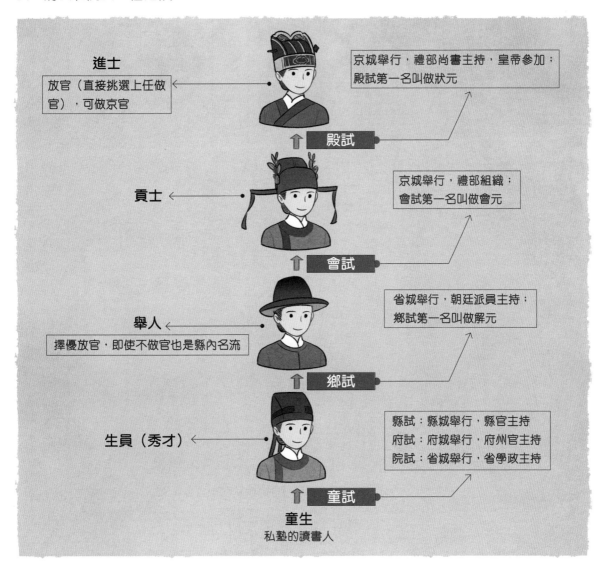

進士
放官（直接挑選上任做官），可做京官

京城舉行，禮部尚書主持，皇帝參加；殿試第一名叫做狀元

殿試

貢士

京城舉行，禮部組織；會試第一名叫做會元

會試

舉人
擇優放官，即使不做官也是縣內名流

省城舉行，朝廷派員主持；鄉試第一名叫做解元

鄉試

生員（秀才）

縣試：縣城舉行，縣官主持
府試：府城舉行，府州官主持
院試：省城舉行，省學政主持

童試

童生
私塾的讀書人

賦得體

大約從唐代開始，科舉考試中「命題詩歌」的題目前面都要加上「賦得」二字，多為五言六韻或八韻排律。本文就是白居易十六歲應考時的一篇習作，也是他的成名作。

唐·孟浩然 689-740 年

字號：名浩，字浩然，號孟山人

簡介：唐代著名的山水田園派詩人，後世稱他為「孟山人」或者「孟襄陽」。其作品以五言短篇居多，內容涉及山水田園、摯友往來，以及旅行見聞等方面。與王維並稱「王孟」。

代表作：《孟浩然集》三卷

春曉 ①
chūn xiǎo

春眠不覺曉，
chūn mián bù jué xiǎo

處處聞②啼鳥。
chù chù wén tí niǎo

夜來風雨聲，
yè lái fēng yǔ shēng

花落知多少。
huā luò zhī duō shǎo

注釋

❶ 曉：天剛亮。
❷ 聞：聽見。

譯文

一覺醒來天已經亮了，到處都能聽到小鳥嘰嘰喳喳的叫聲。昨晚那一場春雨，不知道打落了多少花兒。

賞析

這首詩以樸實無華的語言，描繪了經歷風雨後的一個春日清晨：天剛破曉，鳥鳴陣陣，詩人從夢中醒來，身心舒適。後兩句寫因夜晚聽見風聲雨聲，猜測會有很多花朵被風雨打落。全詩沒有一句描寫眼中之景，只是通過聽覺，以鳥聲、雨聲想像出一幅春雨入夜、落花滿徑的景象，含蓄內斂，意境深遠。

古詩詞中的百科

「穀雨」是二十四節氣中的第六個節氣，也是春季最後一個節氣，意味着寒潮天氣基本結束，氣溫回升加快，將有利於穀類農作物的生長。每年公曆 4 月 19 日至 21 日，太陽到達黃經 30°時為穀雨，源自古人「雨生百穀」之說。這時也是播種移苗、種瓜點豆的最佳時節。

❧ 春雨貴如油 ❧

春雨細密綿長，現代作家朱自清形容為「像牛毛，像花針」。春季是越冬作物的成熟期，需要很多水，而玉米、棉花等在春耕、春播時也需要充足的水，因此民間有「春雨貴如油」一說。

❧ 浮萍始生 ❧

浮萍是漂浮植物。葉狀體對稱，表面綠色，背面淺黃色、綠白色或紫色。浮萍喜溫暖氣候和潮濕環境，忌嚴寒。因此，當穀雨時節降雨增多、溫度升高時，水中往往一晚上能冒出許多浮萍。

❧ 喜摘香椿 ❧

香椿喜溫，適宜在平均氣溫 8℃至 10℃的地區栽培。椿芽營養豐富，並有食療作用，主治外感風寒、風濕痹痛、胃痛等。穀雨前後，人們從香椿樹上摘下嫩芽，洗淨後炒菜或涼拌，香味宜人。

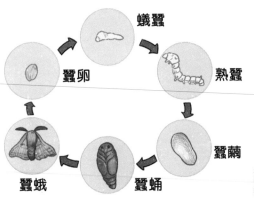

蟻蠶　熟蠶　蠶繭　蠶蛹　蠶蛾　蠶卵

❧ 養蠶寶寶 ❧

蠶是鱗翅目昆蟲，可吐絲結繭，蠶絲是絲綢原料的主要來源，在人類經濟生活及文化歷史上佔有重要地位。春天裏，蠶寶寶不停地吃桑葉，之後蛻皮成長。

❧ 先花後葉 ❧

因某些植物開花所需溫度低於葉子發芽所需溫度，所以先開花後長葉。梅花、玉蘭都屬此類。

世界上體形最大的鳥是鴕鳥，最小的鳥是蜂鳥，飛行速度最快的是雨燕，還有一種沒有翅膀的叫幾維鳥（又叫鷸鴕、奇異鳥等）。

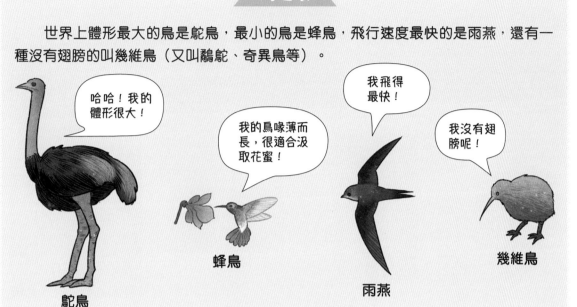

哈哈！我的體形很大！

我的鳥喙薄而長，很適合汲取花蜜！

我飛得最快！

我沒有翅膀呢！

蜂鳥

雨燕

幾維鳥

鴕鳥

山水田園詩派

山水田園派是唐代的一個詩歌流派，代表人物有王維和本詩作者孟浩然等，這一流派的詩歌語言簡樸精練，多以自然風光為主。著名詩句如王維《山居秋暝》中的「空山新雨後，天氣晚來秋」，又如孟浩然《過故人莊》中的「綠樹村邊合，青山郭外斜」等。

延伸學習

《滁州西澗》
唐・韋應物
獨憐幽草澗邊生，
上有黃鸝深樹鳴。
春潮帶雨晚來急，
野渡無人舟自橫。

唐 · 駱賓王 約619 - 約687年

字號：字觀光

簡介：唐朝詩人，七歲懂作詩，有神童之稱。與王勃、楊炯、盧照鄰並稱「初
　　　唐四傑」。其詩文一貫辭藻華麗、格律謹嚴。徐敬業討伐武則天失
　　　敗後，駱賓王下落不明，一說被亂軍所殺，一說出了家。

代表作：《帝京篇》、《為徐敬業討武曌檄》、《於易水送人》等

詠鵝 (yǒng é)

鵝（é），鵝（é），鵝（é），

曲（qū）項（xiàng）①向（xiàng）天（tiān）歌（gē），

白（bái）毛（máo）浮（fú）綠（lù）水（shuǐ），

紅（hóng）掌（zhǎng）撥（bō）②清（qīng）波（bō）。

注釋

❶ 項：脖子。

❷ 撥：划水。

譯文

　　大白鵝，長脖子彎彎，向天歡叫。潔白的羽毛浮在碧綠的河面上，橘紅的腳蹼划出一道又一道波紋。

賞析

　　《詠鵝》是駱賓王孩童時代的作品，只用十八個字就形象生動地描繪出了一幅有聲有色的「白鵝戲水圖」。詩中綠水如鏡，鵝毛白，鵝掌紅，色彩對比鮮明。詩中用「曲」、「浮」、「撥」三個動詞，準確地刻畫了大白鵝的形態和動作，自然、真切、傳神，語言清新明快。

古詩詞中的百科

天鵝飛翔之高

　　鵝有天鵝和家鵝之分。其中，天鵝是一種候鳥，習慣尋找相對溫暖的地區越冬，全世界只有非洲和南極洲沒有天鵝。牠們具有很強的飛行能力，飛行高度可高達九公里。

> 我是不是很漂亮呀？我還可以飛得很高呢！

外逸層

熱層　　極光
　　　（約在 110 公里處發光）

衛星
（資源探測衛星軌道高度在 300 至 500 公里）

中間層　　流星
　　　　（可能消失在75公里處）

熱氣球
（無人熱氣球可升至 30 公里的高空）

平流層

對流層　　飛機（10公里）　　天鵝（9公里）

鵝雁一家

　　大約三千年前，古人捕捉野生大雁進行馴化，最終使牠們變成了家禽，也就是現在的家鵝。家鵝的警惕性很強，遇到生人會大聲呼叫，提醒同伴注意安全，甚至會奮不顧身地攻擊入侵者。

野雁

大雁被捉

> 嗚嗚被抓了！

家鵝
不能飛翔，雜食，體重 6 公斤以上

> 哈哈，捉不到我！

大雁
會飛，候鳥，草食，體重 4 公斤左右

駱賓王：大罵武則天卻獲讚賞

光宅元年（684），徐敬業起兵討伐武則天，駱賓王為其代作《為徐敬業討武曌檄》，在文中羅列了武后的罪狀。當中有兩句「一抔之土未乾，六尺之孤安在」，意思是先帝新墳的泥土尚未乾，幼主不知被貶去哪裏了，斥責武后野心勃勃，急欲改朝換代。武后讀到這兩句時，為其文采震動，責問宰相為何不早重用此人，慨歎賢才流落在外。徐敬業兵敗後，駱賓王下落不明，一說被亂軍所殺，一說出了家。

古代的神童

❖ 仲永五歲寫詩 ❖

除了駱賓王，古代還有不少天賦異稟的小神童——北宋王安石曾寫文《傷仲永》，文中描述金溪平民方仲永家中原本世代耕田為生，沒讀過書，但他天資聰穎，五歲便可吟詩作對，並獲得全鄉秀才稱讚。

仲永的父親看到有利可圖，每天拉着仲永四處拜訪同鄉的人，為他們題詩賺錢，卻沒有讓他讀書學習。到了仲永十二三歲時，其作詩水準已經大大下降，又過了七年，最終成了一個平凡的人。

❖ 曹沖稱象 ❖

東漢曹操有個兒子叫曹沖，是個敏於觀察、十分聰慧的孩子。當時，孫權送來一頭很大的象，曹操想知道象的重量，但部下們卻沒有一個能拿得出辦法。曹沖出了個主意：「把象放在大船上面，在水痕淹到船體之處刻記號，再將貨物裝到船上，直到水位去到同一記號處，稱一稱這些貨物就可知象多重了。」曹操依照此計，果然稱出了大象的重量。

唐 · 杜甫 712 - 770 年

字號：字子美，自號少陵野老

簡介：唐代現實主義詩人，有「詩聖」之稱。與李白合稱「李杜」。杜甫平生官場不得志，一輩子顛沛流離，卻始終憂國憂民。他的詩反映社會現實，有「詩史」之稱。今存詩歌約一千五百首，多收錄於《杜工部集》。

代表作：《北征》、《春望》、《登高》等

絕句 jué jù

兩 個 黃 鸝 鳴 翠 柳 ，
liǎng gè huáng lí míng cuì liǔ

一 行 白 鷺 上 青 天 。
yì háng bái lù shàng qīng tiān

窗 含 西 嶺① 千 秋 雪② ，
chuāng hán xī lǐng qiān qiū xuě

門 泊 東 吳③ 萬 里 船④ 。
mén bó dōng wú wàn lǐ chuán

注釋

❶ 西嶺：西嶺雪山。
❷ 千秋雪：山峯上終年不化的積雪。
❸ 東吳：古代吳國的領地。
❹ 萬里船：從遠方開過來的船。

譯文

　　兩隻黃鸝在碧綠的柳枝上鳴叫，一羣白鷺排成行衝向蔚藍的天空。憑窗遠眺可望見西嶺山頂終年不化的積雪，門前停泊着自遙遠東吳駛來的船隻。

賞析

　　這首七言絕句一句一景，通過描繪四幅不同的畫面，由下而上，黃鸝翠柳、白鷺藍天，由遠及近，遠山的雪、門前的船，靜中寓動，表現了初春的生機盎然。

古詩詞中的百科

喜歡唱歌的黃鸝

黃鸝，俗稱黃鶯，全身為黃色，局部有黑色，喙是紅色或黃色，羽毛豔麗，叫聲悅耳動聽，在樹枝間棲息，很少到地面活動。黃鸝是益鳥，以昆蟲、漿果等為食。牠吃森林中的害蟲，對林業有益。

嘻嘻！大家都誇我唱歌很好聽！

西嶺雪山

「窗含西嶺千秋雪」的西嶺雪山位於四川省成都市大邑縣境內，距離成都九十五公里，是世界自然遺產，還是大熊貓的棲息地。最高峯廟基嶺海拔五千三百五十三米，有「成都第一峯」之稱，終年積雪，在陽光照耀之下，銀光閃閃。西嶺晴雪是「成都十景」之一。

♣ 許多高山山峯為何常年積雪不化？ ♣

世界上很多高山山頂上都終年積雪，即使在夏天也不會融化，這是因為山頂的溫度較低。山越高空氣越稀薄，太陽能越容易散失。海拔每上升一千米，氣溫相對下降 6℃。到一定高度之後氣溫就會降到 0℃ 以下，導致冰雪常年不化，這個高度也被稱為「雪線」。中國峨眉山、長白山、四川九寨溝等地長年有積雪。

氣溫較低

海拔每上升 1000 米，氣溫相對下降 6℃

氣溫較高

東吳

「東吳」是古地域名，相當於現在江蘇南部、浙江、安徽南部地區。古代有東吳、中吳、西吳之稱，東吳指蘇州。三國時代孫權建立的政權也稱東吳。

古代的經濟中心

唐朝安史之亂後，經濟重心開始南移。明清兩代，東吳所在的江南蘇湖一帶成為最重要的絲綢產地。直到現在，南方不僅是經濟重地，也是人口重地。

秦漢　　　　魏晉南北朝　　　　南宋

荊州之爭

215 年，孫權討還荊州被拒，於是吳蜀派兵對峙。219 年，孫權聯合曹操，將蜀國勢力清除出荊州。夷陵之戰後蜀退出荊州爭奪戰，三國局勢暫時穩定。

❀ 215 年 ❀　還我荊州！　不還！

孫權　　　劉備

曹操　　劉備

取得漢中　備受威脅　吳蜀聯合

❀ 219 年 ❀

劉備　　曹操　　　　　劉備

襄樊之戰，進攻曹魏　　吳魏聯合攻擊蜀國

❀ 221 年 ❀

孫權　　　　　　曹操

夷陵之戰

討伐吳國　向魏稱臣　吳蜀結盟抗魏

古代的船

中國造船的歷史悠久，中國木船船型十分豐富，僅海洋漁船船型就有二三百種之多。

沙船

福船

廣船

鳥船

明·唐寅 1470 - 1524 年

字號：字伯虎，號六如居士

簡介：明代畫家、書法家、詩人。唐寅（yín，粵音仁）擅長詩文，與祝允明、文徵明、徐禎卿並稱「吳中四才子」；繪畫方面，與沈周、文徵明、仇英並稱「明四家」。

代表作：《騎驢思歸圖》、《事茗圖》、《李端端落籍圖》、《枯槎鴝鵒圖》等

畫雞 huà jī

頭上紅冠不用裁① ，
tóu shàng hóng guān bú yòng cái

滿身雪白走將來 。
mǎn shēn xuě bái zǒu jiāng lái

平生②不敢輕③言語④ ，
píng shēng bù gǎn qīng yán yǔ

一叫千門萬戶⑤開 。
yí jiào qiān mén wàn hù kāi

注釋

❶ 裁：裁剪，修飾。
❷ 平生：平常。
❸ 輕：輕易。
❹ 言語：啼鳴。
❺ 千門萬戶：很多人家。

譯文

　　大公雞頭頂着天生鮮紅的雞冠，身披雪白的羽毛雄赳赳地走過來。牠平時不會輕易啼叫，但只要一開口，千家萬戶的門都會打開。

賞析

　　《畫雞》是一首「題畫詩」，詩人通過動作和色彩刻畫了一隻雄赳赳、氣昂昂的大公雞，紅白對比，十分醒目。後兩句用擬人手法寫出了雄雞清晨報曉、一唱天下白的氣魄。

古詩詞中的百科

咯咯咯！

詩中提到的雞是家禽的一種，中國是世界上最早馴養雞的國家。家雞由野雞馴化而成，至少有四千年歷史。直到一千八百年前後，雞肉和雞蛋成為大量生產的商品。雞的種類有火雞、烏雞、野雞等。

決鬥吧！

儘管放馬過來！

中國雞文化

中國雞文化源遠流長，內涵豐富多彩。古時候，人們信賴公雞，因為公雞予人勤奮、認真的印象，而且會準確報時。傳說雞鳴日出，帶來光明，能夠驅逐妖魔鬼怪。另一方面，鬥雞曾是古人消遣和誇豪鬥勝的手段，盛行一時。

雞與十二生肖

雞是十二生肖中的一個。十二生肖，又叫屬相，是中國與十二地支相配的十二種動物，包括鼠、牛、虎、兔、龍、蛇、馬、羊、猴、雞、狗、豬。

 鼠
 牛
 虎
 兔
 龍
 蛇

 馬
 羊
 猴
 雞
 狗
 豬

十二生肖的傳說

傳說玉帝決定選拔十二種動物作為屬相。他規定必須在某個時辰到達天宮，取前十二名。貓鼠約好誰先醒就把另一個叫醒。豈知提前溜走的老鼠成了生肖之首，貓鼠從此結仇。

唐伯虎與明四家

本詩作者唐寅，又叫唐伯虎，南直隸蘇州府吳縣人，擅長書法、繪畫、作詩。繪畫上與沈周、文徵明、仇英並稱「明四家」。詩文上，與祝允明、文徵明、徐禎卿並稱「吳中四才子」。其代表畫作有《落霞孤鶩圖》等。

> 唯有唐寅、徐經兩人答對了題，此事定有蹊蹺！

> 務必徹查此事！

> 居然冤枉我！索性辭職以表清白！

捲入弊案

唐寅考狀元那一年的試題特別難，只有他與另一考生徐經沒有被難住，二人交出了文采飛揚的試卷。然而，正因如此，唐寅、徐經以及當年的主考官（唐寅的老師）全被懷疑涉嫌泄題。一場磨難過後，唐寅發誓再也不踏入官場。

勵志小故事：學無止境

民間傳說指，唐寅在繪畫方面拜大畫家沈周為師，一年之內有了很大進步，便開始有些自滿。老師發現後，故意叫唐寅來吃飯，並讓他去開窗通風。唐寅推了一下，驚訝地發現這窗子竟然是畫出來的，非常逼真。唐寅很慚愧，此後更加努力作畫，最後成了著名畫家。

> 原來老師的造詣如此高深，我太無知了！

> 這窗戶怎麼打不開呀？

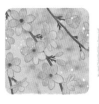 立春

農曆二十四節氣中的第一個節氣，又名歲首、立春節等。二十四節氣是依據黃道推算出來的。立，是「開始」的意思；春，代表着温暖、生長。立春意味着春季的開始。古時候流行在立春時祭拜春神、太歲、土地神等，敬天法祖，並由此衍化出辭舊布新、迎春祈福等一系列祭祝祈年文化活動。

 雨水

二十四節氣中的第二個節氣，在每年農曆正月十五前後（公曆 2 月 18 日至 20 日），太陽到達黃經 330°。東風解凍，散而為雨，天氣回暖，雪漸少，雨漸多。雨水節氣前後，萬物開始萌動，氣象意義上的春天正式到來。雨水和穀雨、小雪、大雪一樣，都是反映降水現象的節氣。

 驚蟄

中國農曆二十四節氣中的第三個節氣，一般在公曆 3 月 5 日或 6 日。此時太陽到達黃經 345°，標誌着仲春時節的開始。此時氣温回升，雨水增多，正是中國大部分地區開始春耕的時候。此前，一些動物入冬藏伏土中，不飲不食，稱為「蟄」；到了「驚蟄」，天上的春雷驚醒蟄居的動物，稱為「驚」。

 春分

春季九十天的中分點、二十四節氣之一，在每年公曆 3 月 21 日左右。這一天，太陽直射地球赤道，南北半球季節相反，北半球是春分，南半球就是秋分。春分也是節日和祭祀慶典，是伊朗、土耳其、阿富汗等國家的新年。中國民間通常將其作為踏青（春天到野外郊遊）的開始。

 清明

「清明」既是自然節氣，也是傳統節日，一般在公曆的 4 月 4 日或 5 日。清明節，又稱踏青節、祭祖節，融自然與人文風俗為一體。清明節習俗是踏青郊遊、掃墓祭祀、緬懷祖先，這是中華民族延續數千年的優良傳統，不僅有利於弘揚孝道親情、喚醒家族共同記憶，還能增強家族成員乃至民族的凝聚力和認同感。

 穀雨

二十四節氣中的第六個節氣，也是春季最後一個節氣，意味着寒潮天氣基本結束，氣温回升加快，將有利於穀類農作物的生長。每年公曆 4 月 19 日至 21 日，太陽到達黃經 30°時為穀雨，源自古人「雨生百穀」之説。這時也是播種移苗、種瓜點豆的最佳時節。

立夏

農曆二十四節氣中的第七個節氣，夏季的第一個節氣，代表着盛夏正式開始。隨着氣溫漸漸升高，白天越來越長，人們的衣着打扮也變得清涼起來。《曆書》道：斗指東南，維為立夏，萬物至此皆長大。人們習慣上把立夏當作炎暑將臨、雷雨增多、農作物生長進入旺季的一個重要節氣。

小滿

夏季的第二個節氣。此時，北方夏熟作物的籽粒開始灌漿，但只是小滿，還未成熟、飽滿。每年公曆 5 月 20 日到 22 日之間，太陽到達黃經 60°時為小滿。小滿時節，降雨多、雨量大。俗話説「立夏小滿，江河易滿」，反映的正是華南地區降雨多、雨量大的氣候特徵。

芒種

時間通常為公曆 6 月 6 日前後。芒種時節，中國大部分地區氣溫顯著升高，長江中下游陸續變得多雨。小麥、大麥等有芒作物可以收穫，黍、稷等要在夏天播種的作物正待插秧播種，所以在芒種前後，農民會非常忙碌。種完水稻之後，家家戶戶都會用新麥麵蒸發包作為供品，祈求秋天有好收成，五穀豐登。

夏至

二十四節氣之一，在每年公曆的 6 月 20 至 22 日。夏至這天，太陽幾乎直射北回歸線，北半球各地的白晝時間達到全年最長。這天過後，太陽將會走「回頭路」，陽光直射點開始從北回歸線向南移動，北半球白晝將會逐日減短。

小暑

「小暑」在每年公曆 7 月 6 日至 8 日之間。暑代表炎熱，節氣到了小暑，表示開始進入炎熱的夏日。古人將小暑分為「三候」，每「候」五天，「一候」吹來的風都夾雜熱浪；「二候」田野的蟋蟀到民居附近避暑；「三候」鷹上高空，因為那裏比較清涼。

大暑

夏季的最後一個節氣，通常在公曆 7 月 23 日前後，此時是一年中天氣最炎熱的時候。農作物生長很快，旱災、氾濫、風災等各種氣象災害也最為頻繁。中國東南沿海一些地區有「過大暑」的習俗，例如，福建莆田人要在這天互贈荔枝。

二十四節氣 秋

立秋

秋天的第一個節氣，一般在公曆 8 月 7 至 9 日之間，這時候夏去秋來，季節變化的感覺還很微小，天氣還熱，但接下來北方地區會加快入秋的腳步，秋高氣爽，氣溫也逐漸降低。立秋時節，民間還會祭祀土地神，慶祝豐收。

處暑

通常在公曆 8 月 23 日前後，也就是農曆的七月中旬。「處」有終止的意思，「處暑」也可理解為「出暑」，即是炎熱離開，氣溫逐漸下降。可在現實生活中，由於受短期回熱天氣影響，處暑過後仍會有一段時間持續高溫，俗稱「秋老虎」。真正的涼爽一般要到白露前後。

白露

農曆二十四節氣中的第十五個節氣，一般在公曆 9 月 7 至 9 日之間。這個時候天氣漸漸轉涼，夜晚氣溫下降，空氣中的水氣遇冷凝結成細小的水珠，密集地附着在花草樹木的綠色莖葉或花瓣上。清晨，水珠在陽光照射下，晶瑩剔透、潔白無瑕，所以稱為白露。

秋分

農曆二十四節氣中的第十六個節氣，時間一般為每年的公曆 9 月 22 至 24 日。南方的氣候由這一節氣起才開始入秋。秋分這一天的晝夜長短相等，各十二小時。秋分過後，太陽直射點繼續由赤道向南半球推移，北半球各地開始晝短夜長，南半球則相反。

寒露

二十四節氣中的第十七個節氣，也是秋季的第五個節氣，表示秋季正式結束。寒露在每年公曆 10 月 7 日至 9 日之間。白露、寒露、霜降三個節氣，都存在水氣凝結現象，而寒露標誌着氣候從涼爽過渡到寒冷，這時可隱約感到冬天來臨。

霜降

一般在公曆 10 月 23 日前後，此時秋天接近尾聲，天氣越來越冷，清晨草木上不再有露珠，而是開始結霜。霜降是秋季到冬季的過渡，意味着冬天即將到來。草木由青轉黃，動物們開始儲糧準備過冬了。南方的農民忙於秋種秋收，而北方的農民則要抓緊時間收割地瓜和花生。

二十四節氣 冬

立冬

冬季裏的第一個節氣，在公曆 11 月 6 至 8 日之間。立冬標誌着冬季的正式來臨。隨着溫度的降低，草木凋零、蟄蟲休眠，萬物活動漸趨緩慢。人們在秋天收割農作物，到了冬天就要收藏好，有「秋收冬藏」的説法。立冬還有「補冬」的習俗，北方人吃水餃，南方人就吃滋補身體的食物，也有用藥材、薑、辣椒等驅寒補身。

小雪

冬季的第二個節氣，一般在公曆 11 月 22 日或 23 日。此時由於天氣寒冷，中國東部常會出現大範圍大風、降溫，而北方早已進入寒冷冰封的時節。雖然北方已經下雪，但雪量還不大，所以稱為「小雪」。每年這個時候，氣候變得乾燥，是中國南方加工臘肉的好時機。

大雪

農曆二十四節氣中的第二十一個節氣，冬季的第三個節氣，代表仲冬時節正式開始，在公曆 12 月 6 至 8 日之間。《月令七十二候集解》説：「大雪，十一月節。大者，盛也。至此而雪盛矣。」需要注意的是，大雪的意思是天氣更冷，降雪的可能性比小雪時更大了，而並不是指降雪量大。

冬至

一年中的第二十二個節氣，一般為公曆 12 月 21 至 23 日之間。這一天北半球太陽最高、白天最短。古代民間有「冬至大如年」、「冬至大過年」之説，在中國北方地區，冬至這一天有吃餃子的習俗，而南方沿海部分地區至今仍延續着冬至祭祖的傳統習俗。

小寒

農曆二十四節氣中的第二十三個節氣，也是冬季的第五個節氣，代表冬季的正式到來，一般在公曆 1 月 5 至 7 日之間。來到小寒，冷空氣南下，各地氣溫持續下降。根據中國的氣象資料，在北方地區，小寒是氣溫最低的節氣，只有少數年份的大寒氣溫會低於小寒，南方地區的小寒則可能不及大寒低溫。

大寒

農曆二十四節氣中的最後一個節氣。每年公曆 1 月 20 日前後，太陽到達黃經 300°時，即為大寒。這時，寒潮南下頻繁，是中國部分地區一年中最冷的時期。大寒來臨時，交通運輸部門要特別注意及早採取預防大風降溫、大雪等災害性天氣的措施。

藏在古詩詞裏的知識百科‧春天篇

編　　繪：貓貓咪呀
責任編輯：陳友娣
美術設計：鄭雅玲
出　　版：新雅文化事業有限公司
　　　　　香港英皇道 499 號北角工業大廈 18 樓
　　　　　電話：(852) 2138 7998
　　　　　傳真：(852) 2597 4003
　　　　　網址：http://www.sunya.com.hk
　　　　　電郵：marketing@sunya.com.hk
發　　行：香港聯合書刊物流有限公司
　　　　　香港荃灣德士古道 220-248 號荃灣工業中心 16 樓
　　　　　電話：(852) 2150 2100
　　　　　傳真：(852) 2407 3062
　　　　　電郵：info@suplogistics.com.hk
印　　刷：中華商務彩色印刷有限公司
　　　　　香港新界大埔汀麗路 36 號
版　　次：二〇二一年三月初版

繁體中文版版權由北京貓貓咪呀文化傳媒有限公司授予

ISBN: 978-962-08-7714-8
© 2021 Sun Ya Publications (HK) Ltd.
18/F, North Point Industrial Building, 499 King's Road, Hong Kong
Published in Hong Kong, China
Printed in China